Un Hombre Llamado Viernes

Helene Hadsell

Actualizado por
Carolyn Wilman

AGRADECIMIENTOS

Traducción de Carlos Reyes en Fiverr.
Editado por Catherine Flesh.
Diseño de portada por Mark Lobo de doze!gfx.

DEDICATORIA

A Helene por compartir con todos nosotros las aventuras de su vida.

Helene Hadsell
1 de junio de 1924 — 30 de octubre de 2010

AGRADECIMIENTO

Helene Hadsell

Agradezco el tiempo y el talento de mi querida amiga
Shirley McKee y de mi nieta Melissa Waters.

MÁS LIBROS

Para leer artículos e historias de los archivos de Helene Hadsell, junto con otras aventuras, programas de audio y vídeos, completamente GRATIS, visite www.WordsForWinning.com.

LIBROS DE HELENE HADSELL

¿Lo quieres? Lo tienes

En contacto con otros reinos

Confesiones de un sabio de 83 años

Un hombre llamado Viernes

https://bit.ly/HeleneHadsellBooks

LIBROS DE CAROLYN WILMAN

No puedes ganar si no participas

Cómo ganar dinero, coches, viajes, ¡y más!

https://bit.ly/LearnToWinSweepstakes

TALLERES EN LÍNEA

Técnicas Mágicas para el Éxito 2.0

Sorteos para principiantes

Cómo ganar sorteos en las redes sociales

RoboForm 101

http://bit.ly/CQWorkshops

TABLA DE CONTENIDO

INTRODUCCIÓN DE HELENE

NOTA: Descubrí esta nota de Helene entre los restos de sus archivos. No sé cuándo la escribió, pero quería compartirla porque da una idea de cómo llegó a escribir su única obra de ficción. Este fue el último libro que Helene publicó antes de fallecer en 2010.

Acababa de terminar de escribir el libro **Confesiones de un sabio de 83 años** cuando me pregunté: "¿Ahora qué?".

Mi mente va en tantas direcciones que tengo que parar y reducir la velocidad para centrarme en un pensamiento cada vez en lugar de ser bombardeada con seis o siete ideas. Un hombre llamado Viernes será el título de mi próximo libro. Será ficción. En el pasado, sólo he escrito obras de no ficción.

Me mantuve ocupada creando escenarios para el personaje. La idea se me ocurrió después de revisar mi biblioteca en busca de un libro que pudiera despertar mi interés. Robinson Crusoe, que ha sido un clásico para todos los jóvenes lectores, llamó mi atención. El libro fue escrito por un inglés y publicado en el siglo XVIII. La historia cuenta cómo un nativo de la isla en la que Robinson Crusoe desembarcó tras naufragar su barco se convirtió en su criado.

Mi historia trataría de unas personas que tienen la oportunidad de utilizar a un hombre llamado Viernes durante todo un mes para que cumpla sus órdenes. Después de completar tres episodios que se considerarían una historia corta, la terminé. *"Ahora, ¿qué sigue?".*

SAZZ SPELLER

La recepcionista anunció: "Alex Sander desea verle, señor Speller".

Mientras le hacían pasar por la gran puerta de caoba, Alex Sander se preguntó en qué se estaba metiendo si aceptaba el puesto que le ofrecía el escritor Sazz Speller. El anuncio en el Houston Chronicle decía:

> Se busca: Hombre de cuarenta a cincuenta años. Debe estar libre para viajar sin obligaciones familiares para un contrato de un año. Se requiere sentido de la aventura y capacidad de investigación sobre el terreno. Llame a Beth para una entrevista al: 888-555-6363.

Su curiosidad se despertó, Alex hizo la llamada y memorizó los detalles que le dieron.

El 'sentido de la aventura' le rondaba por la cabeza.

Sazz Speller, autor de seis libros superventas, buscaba a la persona adecuada para investigar sobre su próximo libro, que se titularía Un hombre llamado Viernes.

A sus sesenta y tantos años, frágil pero digno, Speller se sentaba tranquilamente detrás de su desordenado escritorio. Lo más llamativo era que tenía poco pelo, salvo una mata de canas alrededor de las orejas. Tenía los ojos cerrados.

Alex se quedó en silencio, esperando que ocurriera algo, sintiendo que Speller debía de haberlo dejado en espera.

De repente, el anciano carraspeó. "No estoy dormido, sólo descanso los ojos". Una leve sonrisa se dibujó en su arrugado rostro mientras abría los ojos, aquellos extraordinarios ojos azules en los que se podía mirar y contemplar para siempre. Entonces, por un momento, Speller estudió a Alex mientras por su mente pasaban pensamientos extraños e inquietantes.

Había algo en aquel hombre, en aquel Alex Sander, que le resultaba familiar.

"Tome asiento, señor Sander, y le explicaré qué tipo de persona estoy buscando para que me ayude con mi próximo libro. Si le gusta la idea y podemos llegar a un acuerdo, usted puede ser mi hombre llamado Viernes".

Abriendo un cuaderno, pasó varias páginas hasta encontrar lo que buscaba.

"Ah, aquí está", dijo, asintiendo con la cabeza. "Escúcheme y luego podrá hacer preguntas".

Speller comenzó: "Esto empezó cuando compartí la semilla de la idea con mi amigo Baxter, que posee once emisoras de radio en todo el país. Quería patrocinar un concurso y Baxter accedió a ayudarme; siempre está buscando buenas ideas de relaciones públicas para sus emisoras. El premio serán los servicios de un hombre llamado Viernes. Viernes vivirá con el ganador del concurso durante todo un mes. Su trabajo consistirá en estar disponible y ayudar al ganador de forma que facilite las responsabilidades de una persona normal, algo así como un sirviente a tiempo completo". Los ojos de Speller brillaban con las posibilidades y los escenarios que podían desarrollarse.

"El contrato que daremos a los ganadores estipulará que tenemos derecho a utilizar las notas que 'Viernes' tome de las experiencias a medida que sucedan para el libro que escribiré. Creo que podría haber mucho material único y emocionante".

"Hay muchas razones por las que la gente podría necesitar a un hombre llamado Viernes. Puede que necesiten un multiusos, una niñera, un compañero o incluso alguien que se ocupe de las ventanas. ¿Quizá un pistolero de alquiler?".

Se rio al ver la expresión de Alex. "En serio, lo que busco son peticiones inusuales. ¿Qué le parece la idea?".

Antes que Alex pudiera responder, Speller continuó: "Ah, sí, cualquiera puede participar en el concurso. Las reglas son presentar un ensayo de cien palabras, o menos, explicando por qué les gustaría contar con los servicios de Viernes. Yo juzgaré y tendré la última palabra sobre quiénes serán los ganadores. ¿Alguna pregunta?".

La mirada de Speller se clavó en el rostro de Alex, luego se movió lentamente sobre él, aguda y evaluadora, buscando la reacción de Alex y aún desconcertándose por qué le resultaba tan familiar.

"Sí, tengo varias", respondió Alex. "¿Cómo se le ocurrió la idea? Parece interesante. Algo que me gustaría hacer. 'Viernes', sí, podría encargarme de eso".

Speller tomó un ejemplar de Robinson Crusoe y se lo entregó a Alex.

"¿Lo ha leído alguna vez?" preguntó Speller.

"Hace mucho tiempo". Alex asintió mientras hojeaba el libro.

"Lo escribió un inglés y se publicó en el siglo XVIII. Se hizo tan popular que me atrevo a decir que toda la población de habla inglesa lo ha leído o al menos ha oído hablar de él. Siempre me ha gustado la idea de dar a alguien la oportunidad de tener a una persona a su entera disposición. Me refiero a una persona de clase media, no acomodada. La idea me ronda por la cabeza desde que empecé a escribir. Además, tengo un querido amigo que se refiere a su fiel secretaria como su chica Viernes. Tengo curiosidad por saber qué necesita la gente de distintas clases sociales para que su rutina diaria sea más cómoda. ¿Responde eso a su pregunta?".

"Sí. Responde a una de ellas. Su anuncio mencionaba que el puesto requería viajar".

"Las emisoras de radio que promocionan el concurso están situadas por todo Estados Unidos, así que es posible que los ganadores vivan en localidades diferentes. ¿Es eso un problema?".

"No, sólo tenía curiosidad. ¿Cree que habrá algún viaje al extranjero?".

"No, he vivido tanto en el extranjero que probablemente entiendo mejor al campesino asiático que a la clase media o trabajadora estadounidense, así que la investigación se hará en Estados Unidos. En cualquier caso, el personal de la estación está entusiasmado con la idea de cooperar. Ellos harán el juicio preliminar: leerán las entradas y eliminarán las solicitudes similares antes de enviarme sus selecciones".

Entonces, Speller se quedó en silencio durante tanto tiempo que Alex se preguntó si su mente se había extraviado en algún largo camino de su imaginación. Finalmente, Speller levantó la cabeza y preguntó: "¿Por qué contestó a mi anuncio?".

"Curiosidad. Estoy buscando una nueva frontera, por así decirlo. Tengo cuarenta y cuatro años, me he divorciado recientemente tras doce años de matrimonio. Pedí tiempo libre no remunerada en mi empresa de contabilidad para salir de la rutina en la que he estado desde que obtuve mi MBA hace veinte años. Llevo quince años en la empresa, diez como socio".

Por un momento, la mente de Alex volvió a su despacho. El encierro, lo mismo de siempre, como decía el dicho. Odiaba las fotos de la pared y el olor de todo: el café rancio del pasillo, los productos químicos cerca de la fotocopiadora, el perfume de las secretarias... ¡todo! Alex era un hombre con muy pocos vicios. No fumaba, ni comía en exceso, ni tomaba drogas. Disfrutaba de un cóctel de vez en cuando. Le gustaban las mujeres, pero no era promiscuo. Creía en el compromiso en una relación.

Cambiando de tema, Alex disimuló su confusión interior con una sonrisa forzada y continuó su explicación.

"Solía ser un ávido lector, pero en los últimos años he confiado en las películas para contar una buena historia. Así que no conozco sus libros, aunque he visto la adaptación cinematográfica de uno de ellos, El secreto oculto de Chin. Ganó un Oscar y con justa razón".

"Investigué un poco en Internet sobre usted. Me han dicho que lleva una vida legítima, aunque algo atípica, similar a la de los aventureros sobre los que escribe. Estoy impresionado, tal vez un poco envidioso. Ahora estoy listo para vivir en vez de sólo existir, para soltarme e ir donde nadie ha ido antes".

Alex se permitió una risita rápida.

Speller escuchaba a medias lo que Alex decía. La seriedad acechaba en la sombra de sus ojos. Sintió un vínculo con Alex desde el momento en que lo vio y tenía que saber por qué.

"¿Nos conocemos?", preguntó bruscamente. "Me resulta tan familiar".

"Que yo sepa, no", respondió Alex, ligeramente sorprendido. "Nunca he tenido como cliente a un editor o a un autor y rara vez me mezclo socialmente con la gente de letras de Houston".

"A lo mejor es alguien a quien me recuerda... ocurre muy a menudo". Speller suspiró mientras las preguntas recurrentes rebotaban en su mente. Intentó acallarlas para poder continuar con su reunión.

"Interesante. No siento que lo conozca, pero tuve una clara sensación de déjà vu al cruzar las puertas de la oficina. El interior me recuerda al despacho de mi abuelo: todos los libros, las fotografías personales colgadas de las paredes y el enorme escritorio desordenado. Cuando tenía entre ocho y doce años, pasaba las vacaciones de verano con mis abuelos. Siempre era una experiencia divertida. El trabajo de mi madre requería viajar fuera del estado y mi padrastro era teniente de policía en la unidad de investigación criminal, así que trabajaba muchas horas y de forma irregular".

Alex disfrutaba rememorando los gratos recuerdos. "La abuela formaba parte del Consejo de la Biblioteca y se encargaba del programa semanal de la Hora del Cuento. Su pasión era animar a todo el mundo a leer. Ahora que lo pienso, fue cuando leí Robinson Crusoe. Era un punto de encuentro para los niños de mi edad. Como no conducía, algunas tardes íbamos caminando a la parte alta de la ciudad y eso siempre significaba una parada en la fuente de sodas de la farmacia para tomar un helado. Y luego, otra parada en el despacho de mi abuelo en la plaza".

Alex sonrió al recordar que su abuela siempre hablaba de su abuelo como 'El Juez'. Estaba orgullosa de su condición de esposa en su pequeña comunidad.

Speller estaba relajado y parecía genuinamente interesado, así que Alex habló despacio, dejando fluir los recuerdos. "Ambos ya no están, pero los recuerdos de los buenos momentos que pasé con ellos siguen conmigo, siempre lo estarán, sospecho". Suspiró y añadió: "Eran muy especiales".

"Hablando de recuerdos, hay algo que me intriga: tu estatua de Quan Yin. La he visto en su patio. Mi madre tiene una miniatura de bronce de la diosa de pie. Siempre ha estado expuesta en un lugar visible de nuestra casa. Hace unos meses, cuando visité a mamá, vi que seguía sobre la repisa de la chimenea. Hablamos brevemente y volví a preguntarle por qué era tan especial. Me explicó que Quan Yin es un icono mítico de la cultura asiática que derrama compasión sobre el mundo. Para mí, es un recordatorio para practicar la compasión. Mamá me dedicó su sonrisa secreta, me dio una palmada en el hombro, como era su costumbre desde que tengo uso de razón, y añadió: 'Algún día lo entenderás'. Ella no es budista, sino presbiteriana no practicante y aún no tengo explicación".

En el rostro de Speller apareció un destello de reconocimiento. Quería saber más, pero decidió pensárselo seriamente antes de sacar conclusiones precipitadas y quedar en ridículo.

Descubrí mi Quan Yin en un mercado chino cuando me trasladé a Houston. He tenido tantas experiencias especiales y entrañables con la gente con la que pasé mi tiempo en Asia que tenía que tenerlo para mi oficina. Así que, respondiendo a su pregunta, es un recuerdo de aquellos tiempos".

Speller respiró hondo y dijo bruscamente, como parecía ser su costumbre: "Joven, he tomado una decisión. El trabajo es suyo si lo desea. Puedo empezar el trabajo hoy mismo. Si acepta mi oferta, creo que contribuirá significativamente a mi historia".

"Sí, acepto". Se estrecharon la mano al otro lado del escritorio.

Los ojos de Alex se iluminaron con un fuego interior. Estaba entusiasmado ante la perspectiva de una nueva y posiblemente muy interesante dirección en su vida.

"Mi profesión requiere investigación y redacción de informes", le dijo a Speller. "Será interesante utilizar mis habilidades en un campo nuevo".

Speller asintió.

El corazón de Alex bailaba de impaciencia. "¿Cuándo empieza todo esto?", preguntó.

"Ya comenzó. De hecho, he recibido cinco cartas en el correo de esta mañana". Speller abrió un archivo y sacó una carta.

"Les dije a los responsables de la emisora que quería ver las cartas originales. Puedo saber mucho de una persona por su escritura".

"Esta carta tiene interesado a todo el personal de la emisora de Tennessee. Es de un hombre que vive en Wind Ridge".

Speller le entregó la carta a Alex.

"Alguien puso '¡NOTA! Ray Skylark será una buena historia' en la parte superior de la página. Parece que conocen al hombre. Por el tono de su carta, puede que no tenga demasiada educación, pero a veces, aprender de los libros no es tan importante si uno tiene sentido común. Léela y dime qué te parece".

Alex se inclinó hacia atrás y escaneó lentamente la carta.

Hola,

Me llamo Ray. Tengo dos hermanas, Faye y May. Nos llevamos muchos años, lo que nos retrasa un poco. Escribo sobre ese tal Viernes, para que me ayude a hacer algunas cosas por aquí.

Escuché que está disponible en su radio.

Lo alimentaremos y le daremos de beber. Lo trataremos bien.

Las chicas no saben que escribí esto. Quiero que sea una sorpresa.

Soy el campeón de jugador de por aquí. Si lo hace bien, le contaré mi secreto de cómo gano siempre.

Ray Skylark
Wind Ridge, Tennessee

Después de leer y releer la carta, Alex se volvió hacia Speller y le preguntó: "¿Qué más sabe de este hombre?".

"Supongo que el personal de la emisora de radio le habló a Baxter de la carta, porque esta mañana me ha llamado por teléfono. Dijo que el tipo se había convertido en un recluso y que llevaba dos años fuera de circulación. Él sabía que la familia Skylark heredó la casa Slone cuando la familia se ahogó en una tormenta en el mar. Los Skylark y sus hijos fueron los sirvientes de los Slone durante más de 50 años".

"¿Por qué querría que un extraño viniera a quedarse con él durante un mes?". preguntó Alex, buscando en su propia mente una explicación plausible.

"Tal vez necesita a alguien que le ayude a hacer reparaciones en el lugar. Baxter dijo que debe de tener unos setenta años y que sus dos hermanas tienen más o menos la misma edad." También Speller, obviamente, estaba sopesando la cuestión. "Esta petición tiene a Baxter muy entusiasmado. Me ha dicho que la comisaría dispone de una camioneta y una casa rodante que pueden utilizar. Es uno de esos modelos autónomos que sólo requieren conectarse a la electricidad".

"Eso fue considerado. Parece que a Baxter realmente le gustaría saber más sobre los Skylarks".

Alex frunció los labios. Le resultaba curioso saber por qué Baxter mostraba algo más que un interés pasajero por aquella carta en particular.

Como si hubiera leído los pensamientos de Alex, Speller dijo: "Admito que mi curiosidad también se ha despertado. Conociendo a Baxter como lo conozco, debe intuir una historia realmente buena para la publicidad. Apuesto a que es eso".

Speller guardó silencio un momento y luego añadió: "Si decide aceptar este encargo, le diré a Beth, mi ayudante administrativa, que se ponga en contacto directamente con Skylark para obtener más detalles".

Alex sonrió. "La oferta de enseñarme cómo gana siempre en las cartas ha despertado mi curiosidad. Podría ser interesante".

Una semana después, Alex recibió la llamada de Beth. Tenía toda la información necesaria sobre el expediente de Skylark. Lo único que necesitaba de él era la fecha en que quería marcharse.

"Al Sr. Speller le gustaría reunirse con usted mañana. ¿Le parece bien a las dos de la tarde?", le preguntó.

"Me parece bien. Allí estaré".

Alex había pasado el intervalo poniéndose al día con sus amigos y haciendo un viaje rápido para visitar a su madre, que vivía en Cincinnati. Estaba contenta de que hubiera encontrado un nuevo trabajo interesante. Estaba preocupada por él después del divorcio. Parecía muy inquieto e infeliz.

Quería saber más de Speller después de leer los libros que Alex le había regalado.

"Parece interesante", dijo ella.

LOS SKYLARKS
RAY—FAYE—MAY

Speller saludó con entusiasmo a Alex cuando llegó a su despacho. "Beth ha reunido información adicional para su primera misión". Tomó el informe mientras le indicaba una silla y empezó a leer partes del mismo en voz alta.

"La población de la localidad es de mil ochocientos sesenta y dos habitantes. Es un pueblo antiguo fundado en la década de 1890. Nunca creció demasiado debido a la región montañosa".

El lado escritor de Speller salió a relucir mientras adornaba el informe. "Parece un lugar donde los códigos de construcción del condado, las ordenanzas sobre hierbas o las normativas sobre eliminación de residuos no tienen mucho peso. La gente vive como quiere. Todavía hay muchos pueblos pequeños que se ajustan a esa descripción".

Alex se sentó y asimiló la información mientras Speller seguía describiendo el lugar.

"Wind Ridge está exactamente a 96.5 kilómetros de Nashville. Hay un parque municipal donde todavía se celebran conciertos de la banda del instituto local. Hay una biblioteca, dos restaurantes familiares, una tienda de comestibles y una farmacia y, por supuesto, un McDonald's". Miró a Alex y asintió. "El lugar también tiene un atractivo turístico. Los Skylarks tienen una tienda de regalos con artesanía de hojas de tabaco y melaza elaborada por los residentes locales". Levantó un momento la vista del informe y repitió: "¿Artesanía con hojas de tabaco? Eso suena diferente".

"Lo comprobaré", murmuró Alex. "Suena original".

"Es toda una sorpresa", dijo Speller, con un tono de asombro en la voz. "Vamos a recibir mucha ayuda del personal de Baxter. Dado que Baxter, por la razón que sea, se ha interesado personalmente en esta misión y él mismo estará de vacaciones en Europa con su esposa, uno de sus empleados se reunirá con usted en el avión con la camioneta y la casa rodante para su uso cuando aterrice en Nashville. Él tendrá instrucciones específicas sobre cómo llegar a Wind Ridge, incluyendo un mapa detallado que le llevará directamente a la casa Skylark. Parece que ha cubierto todas las bases", dijo Speller, levantando la vista del informe para escuchar el comentario de Alex.

"Me gusta poder usar la camioneta si quiero explorar el lugar. ¿A qué distancia está la casa Skylark de la ciudad?".

"Veamos... parece que lo leí en algún sitio. Sí. ¡Aquí está! A 19 kilómetros de Wind Ridge. Hay un pueblo más grande en esa zona llamado Newport. Está a 25.7 kilómetros de Wind Ridge. Ese lugar probablemente tiene un hospital, teatro, motel, y más vida nocturna si necesita una escapada".

"Tennessee es un estado del que conozco poco, al no ser fan de Elvis. No he tenido ningún motivo para ir allí". Alex esbozó una sonrisa tímida cuando Speller lo miró.

"Necesitará una computadora portátil para sus informes y un teléfono móvil para ponerse en contacto conmigo en caso de emergencia. Será mejor que comprobemos si hay buena cobertura en esa zona. Tengo entendido que está en un valle rodeado de montañas".

Speller hizo una pausa y se echó a reír. "Santo cielo, parezco un padre enviando a su hijo a su primer campamento de explorador".

Siguieron hablando de los detalles y fue entonces cuando salió a relucir el lado práctico de Alex. "Tengo otra pregunta. No hemos hablado de los detalles de la vida diaria: mi sueldo como Viernes. Y, por cierto, a partir de ahora me llamaré

Viernes. Será mejor que me acostumbre a usar el nuevo nombre". Sonrió.

Speller sonrió. "Supongo que el salario sería una parte importante de esto, ¿no?". Se rio entre dientes y añadió: "...Viernes. De acuerdo. El ganador recibirá un cheque de mil dólares a final de mes para sufragar los gastos en que incurra durante la visita de Viernes. Su compensación se pagará aparte en mi oficina. Este primer encargo será un experimento; no hace falta establecer muchas reglas hasta que sepa cómo jugar".

Speller explicó animadamente: "Eso es lo que va a hacer tan atractiva la historia que pienso escribir. Soy un observador de personas. Cada persona tiene una personalidad única. ¿Qué hace que una persona haga clic, vibre, se ponga enferma? ¿Están enfadados, tristes, mal o contentos? ¿Son serias, tontas o sermoneadoras? Lo que más me gusta de las personas es cuando tienen un sentido del humor fuera de lo común. Eso lo tendrá que descubrir Viernes y transmitírmelo a mí".

"Exijo que lleve un registro diario sobre el ganador, sus asociados y su entorno. Al final de su estancia, me enviará un resumen de sus impresiones y podremos reunirnos para discutirlo si necesito información adicional." Alzó las cejas y miró a Viernes: "¿Alguna pregunta más?".

Viernes negó con la cabeza y, durante unos instantes, permanecieron sentados en un silencio mutuo y expectante.

Se decidió que Viernes se marcharía el lunes siguiente. Beth, con su eficacia habitual, se encargaría de los preparativos y se pondría en contacto con el personal de la radio para saber cuándo debía tomar el avión.

□□□□□

Jordan, el hombre que recibió a Viernes en el aeropuerto, no tuvo ningún problema en reconocerlo por la detallada descripción que le había dado Speller.

El avión llevaba dos horas de retraso debido a problemas mecánicos y Ray Skylark esperaba a Viernes antes del anochecer.

Después que Viernes recogiera su equipaje, se dirigieron al estacionamiento. Se acumulaban las nubes. Jordan le entregó las llaves a Viernes y le dijo: "Daría cualquier cosa por estar en su lugar. Tengo curiosidad por saber por qué Baxter encuentra tan interesantes a los Skylarks".

"Speller y yo también nos lo preguntábamos. Tendré todo un mes para conocer la respuesta". Antes de alejarse, añadió: "Le contaré los detalles cuando devuelva el camión".

Empezó a llover cuando Viernes salió del estacionamiento. La lluvia golpeaba los cristales en forma de golpecitos y salpicaduras, pequeñas y contables, y de repente estaba por todas partes, golpeando con fuerza el techo del camión.

La autopista estaba a sólo un kilómetro y medio del aeropuerto y una vez en ella y en dirección a Wind Ridge, se sentó, relajado, y escuchó los diferentes sonidos: el motor del camión, el tráfico al pasar, el ruido de los neumáticos sobre el pavimento mojado y el golpeteo metronómico de los limpiaparabrisas.

Estaba feliz y contento, deseando conocer a los Skylark.

No se imaginaba lo que le esperaba.

🗆🗆🗆🗆🗆

A las seis en punto, salió de la autopista. Había dejado de llover cuando tomó la ruta 4W. A la una y media ya estaba en Wind Ridge y, unos veinte kilómetros después, se detuvo bajo una señal que decía SLONE ROAD.

La carretera parecía abandonada por todos, excepto por los carteros, los amantes y los Niños Exploradores. Las ramas de los árboles colgaban bajas sobre una superficie de tierra engrasada y de los arbustos llegaba el aullido de las langostas del desierto.

Aunque la tormenta ya había pasado, seguían cayendo gotas de los árboles sobre el camión.

Según el mapa, la propiedad de Slone estaba delimitada en tres de sus lados por esta carretera.

Se detuvo a estudiar el mapa de nuevo y se dio cuenta de que indicaba un camino a la propiedad a un kilómetro y medio más adelante. Era como una búsqueda del tesoro, pensó.

Conduciendo despacio por setos crecidos y árboles que se inclinaban hacia la carretera, vio por fin un hueco en el laurel, y allí, en el espacio justo, se alzaban un par de pilares casi totalmente oscurecidos por la hiedra. El tiempo y la intemperie habían blanqueado la mayor parte de la impresión del buzón que se alzaba a un lado, pero las últimas cinco letras permanecían, aunque tenues. Sin duda eran "y-l-a-r-k".

Apuntando el camión entre los pilares, comenzó su primer día con los Skylarks.

Una pequeña jungla de maleza y un camino de grava se extendían al otro lado y luego el laurel se raleaba y una enorme extensión de césped, cubierto de plantas salvajes de mostaza amarilla, se extendía ante él.

En la cresta del césped, a cierta distancia a la derecha, se alzaba una casa erizada de torrecillas, pan de jengibre, aleros, frontones y pórticos.

"WOW," Viernes jadeó en voz alta. "El tamaño, las vistas, los árboles... esto no es una casa, es una mansión".

Viernes se detuvo junto al pórtico delantero. Mientras el motor se apagaba, se fijó en el anciano sentado en una mecedora en el pórtico. Tenía que ser Ray. Tenía el pelo de un blanco tan puro que, en contraste con su piel curtida por la intemperie, parecía brillar como un nimbo alrededor de su cabeza.

Con su barba de chivo igualmente radiante, sus rasgos bondadosos y sus irresistibles ojos negros, parecía salido de una película sobre un músico de jazz que, tras morir, volvía a la tierra como el angelical guardián de alguien.

Viernes no esperaba ver a un hombre con tanta dignidad. Por la carta que había leído, se imaginaba a Ray Skylark como un pueblerino con overol, sombrero de paja y pipa de mazorca, un personaje del Grand Ole Opry.

Se equivocaba. Ray llevaba una elegante camisa de manga corta, pantalones a juego y mocasines.

Tras bajarse de la camioneta, se dirigió hacia los escalones del pórtico y, mirando a Ray, sonrió y le dijo: "Soy Viernes, a su servicio".

Ray se levantó y le tendió la mano. "No sabe lo contentos que estamos de tenerlo aquí", dijo mientras estrechaba la mano de Viernes.

La puerta principal se abrió y una ancianita arrugada lo saludó con una sonrisa que iluminaba todo su ser.

"Usted debe de ser el hombre que envió la emisora de radio. Ray intentó mantener su visita en secreto, pero los secretos por aquí son una causa perdida", dijo bromeando.

"Soy Faye, la mayor de los tres Skylarks", explicó. "Venga a sentarse en el columpio conmigo". Caminó suavemente hasta el final del pórtico, donde un columpio verde recién pintado colgaba de las vigas del techo.

Ella palpó el asiento. "Bien, está seco. Ray lo pintó anoche para alegrar el lugar".

Se rió mientras acomodaba una almohada en el banco. "Necesito un poco de relleno hoy en día para mantener este cuerpo cómodo".

Ray se sentó de nuevo en su mecedora, sonriendo mientras dejaba que su hermana mayor se hiciera cargo de la conversación.

"Podría ser franca con usted", dijo Faye. "Yo tengo setenta y dos, nuestra hermana May setenta y Ray sesenta y ocho.

¿Cuántos años tiene usted? Parece un joven fornido y fuerte".

Los ojos de Ray brillaban de placer al ver a Faye disfrutando. Viernes también estaba disfrutando de la charla amistosa de Faye. Estas dos personas le cayeron bien de inmediato.

"Tengo cuarenta y cuatro años". Metió la mano en el bolsillo delantero de la camisa y sacó un bloc de notas.

"Ray, ¿le importa que tome notas? Me ayudará con mi informe a Speller".

"Claro que no", respondió Ray con indiferencia.

Viernes anotó sus edades con lápiz y luego señaló hacia el patio. "Veo que les vendría bien un jardinero y a mí me gusta trabajar al aire libre. Por lo que parece, este lugar me dará esa oportunidad". Pasó una página y empezó una lista de tareas que veía que había que hacer. Ni Ray ni Faye eran tímidos a la hora de dar a Viernes tareas que añadir a su lista.

Viernes podía sentir cómo Ray lo estudiaba mientras escribía, del mismo modo que lo había hecho Speller. Sólo deseaba saber lo que estaban pensando.

Cuando terminó, miró a su alrededor, esperando ver aparecer a la otra hermana. "¿Dónde...?"

"May es la cascarrabias", le informó Ray como si le leyera la mente. "Está teniendo uno de sus días infantiles. Simplemente debe aprender a ignorarla cuando se ponga de uno de sus humores".

"Ray", dijo Faye, su tono se volvió serio. "Deberíamos prepararlo para May. No queremos que se lleve sorpresas".

Ray asintió. "Verá, May se está convirtiendo en todo un reto. Por su seguridad, le sugiero que se mantenga alerta. Es impredecible y puede ser un peligro para sí misma y para cualquiera a su alrededor".

"¿Qué quiere decir?" preguntó Viernes, con las cejas fruncidas por la preocupación.

"Tiene problemas mentales y deberían internarla, pero no nos atrevemos a hacerlo", dijo Ray con tristeza. "Todavía tiene muchos días buenos".

Viernes asintió, sin saber qué responder exactamente. Cambió de tema y preguntó dónde podía estacionar su casa rodante y si podía conectarse a la electricidad.

"Enséñale el lugar, Ray, y yo terminaré de cenar". Faye se levantó para entrar.

Ray guió a Viernes por el jardín de flores. La casa rodante estaba estacionada junto una glorieta, muy necesitado de reparaciones. "Parece que tengo que cortar algunas de estas plantas trepadoras de glicinas", dijo Viernes mientras intentaba enchufar la extensión en el tomacorriente. Hizo una nota mental para añadirlo a su lista.

"El cobertizo de las herramientas tiene todo el equipo que necesitamos para domar este bosque", dijo Ray. "He estado segando y poniendo setos, pero desde que May se está volviendo más difícil, lo he dejado todo".

Dentro del cobertizo, todo tipo imaginable de herramientas colgaba ordenadamente de las paredes. Justo detrás de la puerta había un antiguo cortacésped. Viernes esperaba que estuviera en condiciones de funcionar.

Levantó una tijera cortasetos del gancho de la pared. "Con esto bastará por ahora. Me ocuparé del resto por la mañana".

Entregándole una llave a Viernes, Ray dijo: "Mantenemos el cobertizo cerrado con llave en todo momento".

Después que Viernes conectara el enchufe eléctrico, él y Ray se dirigieron hacia la parte delantera de la casa. Pero cuando Faye llamó, diciéndoles que la cena estaba lista, Ray le indicó la puerta trasera. "Por aquí", le indicó a Viernes.

"Qué idea tan práctica", dijo Viernes, indicando un pequeño fregadero sobre un arcón de arce junto a la puerta trasera.

Una hilera de toallas de tocador colgaba de una barra sujeta a la pared.

"Fue una idea de la señora Slone", le dijo Faye. "Era una maniática de la limpieza. Los sirvientes tenían que lavarse las manos constantemente. Resulta muy útil lavarse las manos antes de comer. Por cierto, ¿notó nuestro gran huerto?".

Viernes admitió que no lo había hecho.

"Espero que le gusten las verduras", dijo Faye riendo, "porque es prácticamente lo único que comemos en verano".

La cocina era espaciosa y tenía una gran mesa redonda de arce junto a una ventana que daba a un jardín de flores.

"Hoy en día es más cómodo comer en la cocina", dijo Faye mientras ponía tazones de comida sobre la mesa.

Viernes tenía hambre cuando se sentó a comer. Habían pasado seis horas desde su última comida y Faye había preparado todo lo que le gustaba: una enorme ensalada verde, tomates frescos, calabaza, galletas y una cazuela de huevos y espinacas.

No sabía qué esperar. De hecho, cuando pasó por delante del McDonald's de Wind Ridge, decidió que si las comidas no eran de su agrado, podría ir por comida rápida o probar en una de las dos cafeterías del pueblo.

No cabía duda de que Faye sabía cocinar, sin duda una ventaja. Sonrió mientras empezaba su festín.

"Deje espacio para un pastel de durazno", dijo Faye, levantándose para llevarlo a la mesa.

Mientras Viernes servía una porción en su plato, oyó el grito atormentado de un gato. Por el rabillo del ojo, Viernes vio que Ray se ponía rígido. De repente, una mujer pequeña rompió el siniestro hechizo al salir del pasillo y entrar en la cocina desnuda, a cuatro patas.

Sus largas uñas chasqueaban en las baldosas.

Se escabulló hasta un rincón y se agachó allí, mirando fijamente a Viernes.

Sus ojos parecían los de un cazador reptiliano que hubiera existido desde la Era Mesozoica y conociera todos los trucos.

Luego, con una repentina timidez casi cómica, fingió despreocupación, se hizo un ovillo en el suelo, bostezó y volvió los ojos hacia Faye como diciendo: "¿Quién, yo? ¿Perder mi dignidad felina? No seas ridícula". Dirigió su atención al dorso de su mano y empezó a lamerla lenta y deliberadamente.

La sorpresa sorbió la sangre de la cara de Viernes mientras presenciaba sentado el comportamiento enloquecido de aquella pequeña mujer. Se volvió hacia Ray, luchando por evitar que su rostro traicionara el miedo que había aflorado.

Ray se levantó y se acercó a la criatura que estaba en el suelo. Le dio unas palmaditas en la cabeza y, con voz tranquilizadora, la arrulló para que se relajara.

"Tienes hambre, ¿verdad, May? Faye te traerá leche".

Faye se levantó de la mesa, sirvió leche en un tazón pequeño y lo colocó frente a su hermana. También le dio unas palmaditas en la cabeza.

May lamió la leche con la lengua, sin dejar de mirar a Viernes con sus ojos de reptil. Cuando terminó, salió gateando de la habitación.

Los tres permanecieron un momento en silencio. Entonces Faye empezó a explicarse bruscamente. "Es algo que ha empezado a hacer hace poco. Cree que es un gato. Intentamos averiguar por qué se comporta así; entonces recordamos que, de niña, tenía un gato y lo imitaba. Pensamos que era un juego de niños".

Faye agachó la cabeza, evidentemente afligida por su hermana.

"Uno nunca sabe lo que le pasa por la cabeza", dijo Ray. "Parece inofensiva, así que le seguimos la corriente". Cerró los ojos como si tratara de ignorar la escena que acababa de producirse.

Tras una incómoda pausa, Viernes dio las gracias a Faye por la estupenda comida y, echando un vistazo a su reloj, dijo: "Son más de las nueve y ha sido un día muy largo. Creo que iré a mi casa rodante a dormir un poco. Mañana quiero empezar temprano en el patio".

Se levantó y salió de la habitación, pensando, ¿en qué me he metido? Salió a la cálida noche.

La oscuridad envolvía el patio, excepto por la escasa luz amarilla y turbia de una lámpara de seguridad mal mantenida y mugrienta.

Viernes se sintió observado y aceleró el paso hacia la casa rodante. Una vez dentro, cerró la puerta con seguro y soltó un suspiro, aliviado por alejarse de la escena que acababa de presenciar.

Sacó su computadora portátil para registrar las experiencias de su primer día como Viernes. Escribirlo no sirvió para relajarlo, ya que el recuerdo del chocante comportamiento de May lo mantenía nervioso y tenso.

Pasó una noche inquieta mientras espasmos de miedo lo despertaban. Una y otra vez, estaba seguro de haber oído arañazos y maullidos en la puerta de la casa rodante.

"Contrólate", se repetía una y otra vez.

El sonido matutino de los pájaros lo despertó. Eran poco más de las seis de la mañana cuando corrió las cortinas junto a la pared del dormitorio. Más valía levantarse y ponerse en marcha, decidió, y empezó a explorar para ver si había algo en los armarios.

Café... café... no había pensado en ello hasta que estuvo listo para su taza matutina. Efectivamente, alguien había pensado en ello. Dentro de un armario había una lata de Folgers y una jarra de agua de manantial. Se sentó y bebió su café, rumiando en silencio la escena de la cena de la noche anterior. Se planteó llamar a Speller y abandonar la misión, pero no se atrevió. Le había intrigado la promesa de aventura y eso era exactamente lo que estaba recibiendo.

Una vez terminado su café, salió de la casa rodante y se dirigió al cobertizo de las herramientas. Podría empezar a recortar los setos alrededor del camino antes de que alguien se levantara.

Se equivocó. Ray y Faye estaban en el patio trasero tomando café cuando él dobló la esquina.

"El desayuno estará listo en cinco minutos", dijo Faye, tan alegremente como los pájaros que revoloteaban y se alimentaban en los comederos cercanos.

"Comamos en el patio", sugirió Ray. "Te ayudaré con la bandeja, Faye".

Mientras comían, Faye parecía estar de muy buen humor. Hablaba sin parar de las personas a las que llamaba sus amigos que vivían en la ciudad. "Hace como un año que no asisto a una reunión social, pero tengo mis buenos recuerdos para reflexionar", dijo, dando un sorbo a su café.

Cuando parecía que había terminado de rememorar, Viernes preguntó: "¿No tiene a nadie que venga a ayudarle?".

Faye respondió, mirando a Ray en busca de apoyo. "Teníamos, pero cuando May se volvió demasiado agresiva e imprevisible, nadie quiso venir. Hemos sido básicamente Ray y yo los que hemos mantenido este lugar, además de cuidar de May".

"Y hubo varios incidentes que ocurrieron en el pueblo sobre los que la gente habla", añadió Ray. "También podría ser honesto con usted, Viernes. Ya no tenemos amigos. Tienen miedo de acercarse, y no los culpo. Yo puedo vivir con ello, pero Faye echa de menos estar con la gente. Por eso escribí esa carta para que viniera a visitarnos".

Viernes se sentó y escuchó atentamente. Ray lo estudió un momento antes de continuar. "La semana que viene quiero que Faye vaya varios días a Newport a visitar a unos amigos. Puedo encargarme de May, pero quiero tener a alguien aquí por si necesito ayuda. Si May llega a ser demasiado, puedo encerrarla en su habitación".

"Haré lo que haga falta para ayudarle mientras esté aquí", le aseguró Viernes. Su preocupación se convirtió rápidamente en simpatía.

Cambiando de tema, Viernes se levantó y anunció: "Estoy listo para que este patio luzca como un espectáculo. Puedo imaginarme cómo debía estar en el pasado. ¿Funciona el cortacésped?".

"Funciona de maravilla". El humor de Ray cambió de serio a alegre mientras seguía a Viernes al cobertizo.

Viernes pasó el día trabajando en el jardín mientras Ray y Faye se ocupaban del huerto. Fue un día productivo para Viernes. Logró muchas cosas. Ray y Faye expresaron su satisfacción por todo lo que había podido hacer ese día.

Después de cenar, se sentaron en el pórtico a ver cómo las luciérnagas hacían guiños en la tela de la noche.

"Siempre me han fascinado las luciérnagas", dijo Faye, reflexionando sobre su infancia obviamente feliz. "De niña, las atrapábamos y las metíamos en un tarro de cristal, nos las llevábamos a la cama y las observábamos hasta quedarnos dormidos".

Viernes quería saber más sobre los Skylarks. Ahora era obvio que estaban bien educados, así que ¿por qué Ray escribió una carta que desmentía su verdadero yo? Viernes no se sentiría cómodo con esto hasta que supiera la respuesta y la única manera que se le ocurrió para abordar el tema fue ir directamente y preguntar.

"Ray, su carta interesó a mi jefe, Sazz Speller. Cuando la leyó con todas las palabras mal escritas, su comentario fue: 'Puede que no tenga una buena educación, pero utilizó el sentido común cuando la escribió'. Así que, ¿le importaría decirme qué le llevó a deliberadamente escribir como 'pueblerino'? Supongo que es la palabra que me viene inmediatamente a la cabeza".

Ray echó la cabeza hacia atrás y soltó una gran carcajada. "¿Así que es sabio conmigo y aun así accedió a mi petición? Me alegro de que lo hiciera. Significa mucho para mí". Cambiando rápidamente de tema, preguntó: "Háblenos un poco de usted".

Viernes respondió a las preguntas de Ray y Faye y les habló del anuncio del periódico, de su sensación de que necesitaba un cambio en su vida, de las novelas de Speller y de cómo llegó a aceptar los encargos como 'Viernes'.

Los Skylarks se mostraron realmente interesados.

"Ahora", dijo Viernes, "le toca a usted informarme sobre los Skylarks".

"Dejaré que Faye le cuente nuestros secretos familiares", respondió Ray.

Faye se rió. Tenía una risa ligera y melodiosa que resultaba agradable de oír.

"Usted lo pidió. La ambición de mi vida era conocer a un apuesto príncipe, casarme y formar una gran familia. Nunca sucedió".

Hizo una pausa, sacudió un poco la cabeza con tristeza y luego añadió: "Supongo que para algunos sí, pero mi destino tomó otra dirección. Pero permítame empezar por el principio".

Se enderezó con dignidad. "Tuvimos la suerte de que nuestros padres fueran sirvientes de la dinastía Slone. La familia Slone y sus antepasados cultivaban tabaco. Crecimos en esta propiedad. Había dos casas; nosotros vivíamos en la situada doscientos metros detrás de este lugar. La llamábamos 'la casa grande'".

"Como los Slone no tenían hijos, a nosotros tres, Ray, May y yo, nos trataban como a su familia. Ray y yo fuimos a la universidad y May conoció y se casó con un marino de profesión durante su primer año en la universidad."

"La señora Slone enseñó a Ray a tocar el piano y más tarde le hizo tomar clases particulares. May y yo teníamos un profesor particular de canto. Todo esto empezó cuando yo tenía diez años y Ray y May eran más jóvenes. Evidentemente, cumplimos sus expectativas con nuestro talento porque nos convertimos en la atracción y amenizábamos sus fiestas. Ray tocaba y escribía algunas canciones excelentes y May y yo formábamos un dúo. Yo cantaba como soprano. May tiene una preciosa voz de contralto".

"Después que Ray y yo termináramos la universidad, Ray se fue a Nueva York para continuar su profesión en la música. Tocó en algunos de los clubs de cena más populares. Conoce a mucha gente famosa. Yo solía visitarlo de vez en cuando".

"Elegí enseñar música en un instituto local de Nashville. Tras la muerte de nuestro padre y la mala salud de mi madre, regresé aquí y di clases en el instituto local".

"May viajaba por el mundo con su marido. Cuando se divorciaron, volvió a casa y abrió una tienda de regalos en la ciudad. Es muy creativa y hacía muñecas, flores y cuadros de lo más interesantes con hojas de tabaco. Hay que ir a verla cuando vaya a la ciudad. Vendimos la tienda hace un año".

Faye parecía disfrutar contando los detalles de su pasado familiar y Viernes estaba totalmente intrigado.

"Hay más", dijo, "pero tomemos un descanso mientras Ray abre una botella de vino y yo traigo los bollos que preparé esta tarde".

Después de que Ray sirviera el vino y todos se acomodaran con los deliciosos bollos, Faye continuó su historia.

"Los Slone tenían muchos amigos ricos y hacían muchos viajes de negocios. Eran uno de los mayores cultivadores de tabaco de la época. Todos los veranos salían de pesca con uno de los socios del Sr. Slone. Una tormenta hizo que su barco volcara y todos los pasajeros y la tripulación se perdieron en el mar. Nos quedamos de piedra cuando nos dijeron que habíamos heredado esta propiedad".

"Ray se mudó aquí para supervisar el lugar. Supongo que echaba de menos dar actuaciones porque nos convenció a May y a mí para que cantáramos como lo hacíamos de niños. No tenía ni idea de que conseguiríamos contrataciones para entretener. La gente pagaba por oírnos".

Se rió y miró a Ray. "Al principio actuábamos en clubes de Nashville y luego nos contrataron para actuar en cruceros. Fue una época emocionante, al menos para mí. Tengo que enseñarle nuestro Muro del Ego en el estudio, donde están todas nuestras fotos con gente famosa".

Tras una breve pausa, cerró los ojos momentáneamente y continuó: "Empezamos a notar que May tenía cambios de humor; su personalidad cambiaba tan bruscamente que parecía otra persona. Varios de nuestros patrocinadores la acusaron de consumir drogas. Yo era muy cercana a ella y sabía que ese no era el problema. Finalmente accedió a someterse a una evaluación: un escáner cerebral y todas las pruebas que existen hoy en día. Las pruebas mostraron lesiones en su cerebro, lo que no es habitual. No existe una cura mágica, ni medicamentos ni tratamiento. El pronóstico es sombrío. Todavía tiene días buenos en los que es ella misma. Lamento que tuviera que verla en su peor momento anoche".

Viernes asimiló sus palabras sin cuestionarlas, consumido por la información que apenas conocía.

"Hoy está en su habitación meciéndose y cantándole a una muñeca. Creemos que retrocede a la época en que tuvo una hija. Su hijita murió a los dos años". Faye suspiró como si se hubiera quitado un peso de encima al contar la historia.

"Sólo quiero tener un 'hurra' más por May antes de que llegue el momento en que tengamos que tomar la decisión final de internarla", añadió Ray con tristeza, mirando hacia la oscuridad.

De repente, Faye se levantó, dio una palmada y dijo: "Se acabó la hora de la fiesta. Tengo ganas de música". Mirando a Ray, le dijo: "Hagamos nuestra canción sexy para Viernes".

"Esto requiere una copa de brandy. Sonamos mejor con una copa", dijo Ray, sonriendo. "El vino se guardará".

Ray asumió la carga de la conversación más ligera con un suspiro de alivio y condujo a Viernes al interior y al estudio, donde un piano y sofás llenaban la espaciosa habitación.

"Viernes, ¿está preparado para presenciar una actuación de los Skylarks?". bromeó Faye.

Mientras Ray empezaba a acariciar las teclas del piano, miró a Viernes y le preguntó: "¿Le gusta Hoagy Carmichael, Jerry Lee Lewis o Liberace? Queremos complacerlo".

"¿Qué tal los tres?" dijo Viernes. "Conozco su música y me gustan todos, así que sorpréndanme".

Disfrutaba de la forma en que Faye podía cambiar de marcha y estaba preparado para este cambio de ritmo.

Ray ejecutó unas cuantas escalas en las teclas. "Necesito entrar en calor. Hace tiempo que no toco". Cuando empezó una canción y Faye se unió a la voz, Viernes se sentó, relajado, y escuchó, impresionado por su talento.

De repente, Ray levantó la vista y sus ojos se abrieron de asombro cuando May entró en la habitación. Se acercó a Faye y empezó a armonizar con ella como habían hecho tantas veces en el pasado.

Viernes se quedó embelesado. Cuando terminaron la canción, May se volvió hacia Ray y le dijo: "Vamos a cantar *At The Same Time (Al mismo tiempo)*. Es una canción que Barbra Streisand y Celine Dion cantaban juntas".

Cuando los Skylarks terminaron la canción en su perfecta armonía, habría habido un empate en cuanto a qué dúo hizo una mejor interpretación. Estuvieron sensacionales.

Viernes se puso en pie y aplaudió, gritando: "¡Bravo! ¡Bravo!".

May miró a Faye y le preguntó: "¿No vas a presentarme a nuestro invitado?".

"Este es Viernes. Se quedará con nosotros un mes. Vino desde Texas para ayudar a Ray con el trabajo del jardín" Faye se iluminó de placer mientras asentía con la cabeza, mirando a Ray en busca de su respuesta.

"¡Un jardinero profesional! ¿Qué talento tiene? ¿Quizá convertir las malas hierbas en flores?" La risa de May era contagiosa mientras se hacía cargo de la conversación, haciendo preguntas y haciendo planes para ir a comer mañana a Jimmy's Crab Shack (La choza de cangrejos de Jimmy).

"Mañana iremos a Nashville, ¿verdad?", le suplicó a Ray.

"No veo por qué no", añadió Faye. "Incluso podemos pasarnos por la panadería alemana y comprar varias barras de su pan negro que a todos nos encanta".

"Entonces está decidido. Saldremos alrededor de las once para estar allí para comer", anunció May. Se dio la vuelta y salió de la habitación. Ray y Faye se quedaron un momento mirándola marcharse.

Con la voz quebrada por la emoción, Ray dijo: "Viernes, quiero que recuerde a May tal como es esta noche".

Cuando Viernes se fue a su casa rodante esa noche, tenía mucho en lo que pensar. Nunca había experimentado un cambio tan drástico en una persona. ¿Cuánto tiempo estaría normal? ¿Y qué pasaría con la salida de mañana? Mientras el sueño empezaba a apoderarse de él, se preguntó si esta noche podría ser la señal de la repetición de un episodio placentero para el viaje que habían planeado.

A la mañana siguiente, después del desayuno, Ray sugirió que lavaran el coche marca Lincoln. Viernes esperaba ansiosamente ver a May o saber de qué humor estaba. Se preguntaba por qué no se había reunido con ellos para desayunar.

Faye respondió a sus preguntas sin ser preguntada. "May está de buen humor hoy. Está intentando decidir qué ponerse".

"¿Está bien si llevo pantalones azules de vaquero?", preguntó Viernes, esperando que no fuera demasiado informal.

"Claro", respondió Ray. "Eso es lo que llevo puesto".

Cuando terminaron de lavar el coche, Viernes fue a cambiarse de ropa.

"Tocaré la bocina cuando las chicas estén listas", dijo Ray.

Faye y May estaban sentadas en el asiento trasero cuando Viernes abrió la puerta delantera para entrar. El cuero crujió detrás de Viernes cuando echó el asiento hacia atrás para ponerse cómodo.

Giró la cabeza para saludar a May.

Cuando ella lo vio, gritó: "¿Sigue por aquí ese ladrón? Anoche entró en mi habitación y me robó el broche; el que me regaló papá cuando cumplí quince años. ¿Te acuerdas?" Miró a Faye, luego se acercó y agarró a Viernes por el cuello, gritando y chillando: "¡Sucio ladrón! Devuélvemelo".

El miedo se apoderó de Viernes. Ray intentó soltarla mientras Faye ayudaba a May a sentarse en el asiento.

Faye manejó la situación diciéndole que el broche estaba en la mesa de la casa. "Vamos por él", sugirió.

May se tranquilizó lo suficiente y las dos mujeres salieron del coche y entraron. Ray las siguió.

Habían conseguido calmar a May, pero lo de Viernes era otra historia. Su corazón seguía latiendo con fuerza y sentía como si su caja torácica se hubiera convertido en una mordaza que apretaba entre sus mandíbulas sus órganos vitales.

Abrió la puerta, salió y apoyó las palmas de las manos en la parte superior del capó, respirando hondo, tratando de serenarse. Nunca había sentido tanto miedo. Era una experiencia totalmente nueva para él. Esperar lo inesperado le vino a la mente mientras esperaba el regreso de Ray.

Al cabo de unos minutos, Ray regresó. "¿Se encuentra bien?", le preguntó. "No le hizo daño, ¿verdad?". La vergüenza era evidente en su rostro demacrado.

Todavía tembloroso, Viernes respondió: "Fue tan inesperado. Me agarró desprevenido. Me encuentro bien. ¿Está seguro de que Faye puede ocuparse de ella?".

Ray respondió: "Estoy seguro. Ya había pasado antes. Acusaba a sus clientes de robar cuando tenía la tienda de regalos del pueblo. Llegó a ser tan embarazoso que al final vendimos el local. Dejemos eso atrás y hagamos de este un día libre para hombres. Faye insistió en que fuéramos como habíamos planeado". Ray se acomodó en el coche y esperó a que Viernes hiciera lo mismo.

□□□□□

Mientras se dirigían a Nashville, la conversación giró en torno a la familia, las mujeres, el matrimonio y los hijos.

"¿Ha estado casado alguna vez, Ray?" preguntó Viernes.

"Me hubiera gustado tener una familia y al menos tres o cuatro hijos", respondió Ray, "pero no estaba en mis planes. Soy celibato accidental. Me lo concedieron cuando tenía doce años. Una mañana me desperté con dolor debajo de la mandíbula derecha. Empeoró y me dio fiebre. El médico dijo que eran paperas. Una semana después, la hinchazón, por decirlo con delicadeza, se había desplazado por debajo de mi ecuador. Incluso tumbado en la cama me dolía. Al cabo de un tiempo, determinaron que era estéril y que se me negaría la alegría de tener hijos".

Tras aquella íntima confesión, Viernes se sintió obligado a hablarle a Ray de su trastorno compulsivo, de hacer listas y tomar notas. Cuando Viernes terminó su confesión, ambos disfrutaron de una buena carcajada.

Como suele decirse, hicieron buena vinculo.

Después de comer en el choza de cangrejo, Ray llevó a Viernes a dar una vuelta por la ciudad.

Pasaron por el Ryman Auditorium, la antigua sede del Grand Ole Opry. Estaba cerrado, pero en una tienda de regalos cercana había suficientes recuerdos del Opry como para llenar un museo.

"No, no me interesa", dijo Viernes cuando Ray le preguntó si quería parar a echar un vistazo.

Se detuvieron en un bar donde Ray solía tocar el piano. El camarero reconoció a Ray y se alegró mucho de verlo. La casa invitó las bebidas y Ray prolongó su borrachera más allá del límite de seguridad al volante.

"Usted será el conductor designado", sugirió Ray, entregándole a Viernes las llaves del coche.

Y Viernes aprovechó la oportunidad para preguntar algo que había estado esperando que Ray sugiriera.

"No soy jugador de cartas", empezó Viernes, "sólo jugué un poco al Bridge cuando estaba casado, pero tengo curiosidad por el comentario que hizo sobre ganar siempre en las cartas. ¿Hay algún secreto? ¿O solo estaba bromeando?".

"Admito que gano el noventa y nueve por ciento de las veces. Es una combinación de leer a la gente y hacer los deberes antes de jugar con los grandes. ¿Ha visto alguna vez la película 'El estafador'? Era una película de Newman. Describía a la perfección a mi compañero de piso cuando vivía en Greenwich Village. Eso fue en mi juventud. Sus amigos y yo le llamábamos 'El Estafador' porque eso es lo que era. Sabía leer a la gente".

"Leer a la gente requiere práctica. Cada movimiento de los ojos, de las manos, la sonrisa o la inclinación de cabeza son pistas. Sentarse junto al jugador también ayuda. Sientes su vibración de energía. Algunos lo llaman su aura. Puede captar si están emocionados, decepcionados o neutrales. Me doy cuenta de si transpiran, se aclaran la garganta o respiran superficialmente. Solíamos referirnos a un jugador como N-O-Nada Oculto, L-I: Leyenda Indomable o N-V: Novato Verde. Había un grupo de cuatro personas que jugábamos juntos cada minuto libre que teníamos. Compartíamos nuestros conocimientos. Cada vez que uno de nosotros se encontraba con un tipo que quería jugar en serio y decía que se sentía afortunado, era cuestión de tiempo que uno de nosotros consiguiera engancharlo. Nunca fui jugador profesional. Dos de mis amigos siguen en el círculo, jugando en casinos de todo el mundo. Pero ésa es otra historia".

"Todo tiene una fórmula y la fórmula para ser un ganador es saber todo lo que pueda sobre su oponente. No es suerte, es práctica. Mientras esté aquí, si de verdad quiere aprender más sobre usted mismo y sobre la gente en general, estaré encantado de compartir con usted todo lo que sé. Eso, si me trata V-I-E-N". Ray pronunció cada letra mientras la deletreaba, luego miró a Viernes mientras un destello de humor cruzaba su rostro.

"Sí, me interesa", respondió Viernes. "¿Cuándo empezamos?"

"¿Por qué no esta tarde? A Faye le gusta jugar y no es una N-V".

Iba a ser más interesante de lo que Viernes había esperado en un principio. Condujeron en silencio durante un momento. De repente, Ray se aclaró la garganta y, expresando su seriedad, dijo: "En los últimos días, he llegado a conocerlo y quiero ser sincero con usted. La verdadera razón por la que quería y necesitaba a un completo extraño aquí es por el bien de Faye. Ella finalmente ha admitido que May es demasiado para nosotros dos. Esto ha estado sucediendo durante los últimos dos años. Sólo se ha vuelto más difícil estos últimos tres meses. Como le comenté antes, convencí a Faye para que se tomara un descanso de dos días y se fuera a Nashville. Lo que ella no sabe es que, poco después de que se vaya, vendrán dos enfermeros del sanatorio privado con el que ya he contactado para llevarse a May. Para que coopere, la sedarán para que su marcha sea más segura y menos traumática".

"Estoy seguro de que Faye está al tanto, en algún nivel, de mis planes. Es sólo que si fuera por ella, nunca podría liberarla. Ahí es donde entra usted; como es un invitado, podrá apoyarme, para facilitarle la adaptación cuando May se haya ido. Conozco a mi hermana mejor de lo que ella se conoce a sí misma".

Viernes escuchó en silencio, sin saber qué decir.

Cuando llegaron a la entrada, Faye salió a su encuentro, caminando con decisión.

"Oh-oh, algo debe haber pasado mientras no estábamos", dijo Ray mientras detenía el coche y salía rápidamente.

Faye puso cara de asombro y se le escaparon las palabras. "May se ha encerrado en la casa rodante de Viernes y no quiere salir. He intentado sobornarla, pero no ha funcionado. Me preocupa que se crea un gato y destroce el interior". Dirigiéndose a Viernes, visiblemente conmocionada, dijo: "Lo siento mucho, Viernes".

Ray intervino: "Me preocupa si hay cuchillos o algo con lo que pueda hacerse daño".

Ray continuó explicando que May lo había atacado hacía varias semanas con un cuchillo. "Pensó que era un ladrón. No fue grave, pero ahora estoy más alerta".

Viernes recordó haber visto dos cuchillos afilados en uno de los cajones de la casa rodante.

"Hay un par de cuchillos en el cajón de la cocina", atizó, volviéndose más aprensivo sólo de pensarlo.

"Se está volviendo más agresiva. Tenemos los cuchillos y los instrumentos afilados bajo llave. Ray mantiene cerrado el cobertizo de las herramientas por esa razón", dijo Faye, con el rostro nublado por la ansiedad.

"¿Tiene una llave?" preguntó Ray y la tensión de su mandíbula delató su frustración.

"Sí, pero está dentro de la casa rodante, en un gancho junto a la puerta. Debería haberlo pensado y haberla cerrado. Asumo la responsabilidad por no haber sido más cuidadoso", dijo Viernes torpemente, aclarándose la garganta.

"¡No!" insistió Ray-. Si se estropea algo, lo repondremos. Es nuestra responsabilidad".

Lo que había empezado como un día de ilusión se estaba convirtiendo rápidamente en una pesadilla, desenredándose alrededor de Viernes. Ray y Viernes fueron a la casa rodante para examinar la puerta, intentando averiguar cómo abrirla.

Era de metal e imposible de abrir desde fuera. Comprobaron la ventana, pero Viernes había cerrado las cortinas aquella mañana antes de salir y no pudieron ver el interior.

"Tiene que salir en algún momento. Dejémosla estar por el momento", sugirió Ray. Todos regresaron a la casa. Faye preparó sándwiches, pero nadie comió mucho.

Cuando oscureció, Faye y Ray se acercaron a la puerta de la casa rodante, intentando convencer a May para que saliera y escuchando cualquier señal de movimiento.

Nada.

Viernes se quedó parado, sintiéndose impotente.

Era más de la una de la madrugada cuando Ray sugirió a Viernes que durmiera en la habitación de invitados del piso de arriba.

No tenía otra opción. Faye le trajo un ventilador por si entraba demasiado calor.

Ray volvió a advertir a Viernes que estuviera alerta antes de darle las buenas noches.

La puerta del dormitorio no tenía cerradura. Viernes sacó su bloc de notas y empezó a anotar frenéticamente las cosas que le daban vueltas en la cabeza, para poder mantenerlas claras. Empezó a jugar a "¿Y si...?".

¿Y si ella salía de la casa rodante con un cuchillo y venía a por él?

¿Y si él estaba desprevenido y no tenía forma de defenderse?

¿Y si ella destruía la computadora que él había dejado dentro de la casa rodante?

¿Y si destrozaba la casa rodante?

Un sentimiento de impotencia se apoderó de él. De repente recordó cuando estaba en la universidad y no quería que lo molestaran; apoyaba una silla bajo el picaporte de la puerta. Así lo hizo ahora. Funcionó. Ahora, ¿podría dormir?

□□□□□

Afuera, el cielo estaba pasando de negro a gris-negro. El amanecer aún no había salido de su agujero, pero se acercaba sigilosamente y llegaría al horizonte de la montaña en diez o quince minutos.

Viernes no podía quedarse en la cama ni un minuto más. Había pasado una noche inquieta, acurrucado en un apretado nudo de músculos y huesos, abrazándose a sí mismo para aliviar la tensión de sus hombros tensos. Luego, obligándose a relajarse, músculo a músculo, articulación a articulación, se esforzó por no imaginar lo que May era capaz de hacer.

Se levantó de la cama y bajó las escaleras. Faye estaba preparando café y Ray se estaba duchando.

"Iré a vigilar a ver si sale de la casa rodante", se ofreció Viernes mientras se dirigía hacia la puerta.

"Nunca encendió las luces", dijo Faye cuando Viernes se marchó.

Viernes se estaba acercando a la casa rodante cuando la vio. Estaba tumbada boca arriba en los escalones de la glorieta.

Se detuvo.

Podría estar haciéndose la dormida.

Pero entonces vió la sangre y el cuchillo aún clavado en su estómago. Al acercarse con cautela, vio que tenía los ojos abiertos. Se paró un momento, se dio la vuelta y se dirigió a la casa a buscar a Ray.

Ray acababa de salir por la puerta cuando vio a Viernes e inmediatamente supo que algo terrible ocurría. Se dirigió hacia la casa rodante y la vió. Permaneció allí largo rato en silencio.

Tanto Viernes como Ray se entretuvieron pensando en lo que deberían hacer o decir a continuación. Fue Ray quien rompió el silencio. "Llamaré al sheriff. Habrá una investigación y tendremos que esperar a la autopsia. Es el procedimiento habitual". Respiró hondo y soltó el aire entrecortadamente.

"Tendré que decírselo a Faye", dijo. "No tengo ni idea de cómo se lo tomará". No tenían por qué preocuparse. Cuando Faye se enteró de la noticia, mantuvo la calma, para sorpresa tanto de Viernes como de Ray.

Se quedó parada un momento, como si intentara decidir si había oído bien. Luego volteó hacia los dos hombres. Tomó el teléfono y se lo dio a Ray.

"¿Quieres llamar tú al sheriff o lo hago yo?", preguntó ella.

Una sensación de fuerza la invadió y disminuyó la desesperación; su recién despertado sentido de la vida la reconfortó. Un poderoso alivio la invadió.

Ray la observó y comprendió.

□□□□□

Una vez concluida la investigación preliminar y redactados todos los informes, el sheriff, que conocía el estado mental de May, se dirigió a Faye y le dijo: "Ha hecho más de lo que se esperaba. Por fin ha encontrado la paz".

Cuando la ambulancia se alejó, Ray y Viernes se acercaron a la casa rodante. Ambos se sintieron aliviados de que no hubiera daños.

Esa noche, sentados en el pórtico, Faye, buscando una explicación plausible, dijo: "Creo que ella sabía lo que hacía en el momento en que se escabulló para entrar en la casa rodante. Estaba buscando una forma de acabar con su vida. El cuchillo era su medio para conseguirlo".

Hubo un funeral en la iglesia local. Ray tocó el órgano y Faye cantó el himno *Dwelling With the Angels* (Viviendo con los angeles). No había un ojo seco en la congregación. La gente del pueblo fue muy amable, llamando y trayendo comida y flores. Durante todo el acto, Faye estuvo muy callada.

A Viernes le preocupaba que estuviera ocultando su sufrimiento con esa calma artificial.

"Se pondrá bien", le aseguró Ray.

Una semana después, Faye anunció que estaba lista para animar el lugar. Puso a Viernes y a Ray a trabajar pintando y limpiando todas las ventanas. Pasó por todas las habitaciones, quitando el polvo y reordenando las cosas.

Hizo una lista, más larga que cualquiera de las que había escrito Viernes, de las cosas que había que hacer.

Ray y Viernes colaboraron y la casa pasó de aburrida a deslumbrante.

Pasaban las tardes en el pórtico y tanto Faye como Ray compartían con Viernes sus conocimientos sobre la lectura de las personas.

Jugaron varias partidas de veintiuno. En la última noche de Viernes con los Skylarks, jugaron al póquer y Viernes finalmente ganó. Se dio cuenta de que no era su habilidad. Ray le había dejado ganar. Ray lo negó, pero para entonces, Viernes ya sabía que Ray era una L-I y que no iba a seguir con el tema.

Aprendió tanto en tan poco tiempo que se sintió agradecido por haber tenido la oportunidad de conocerlos y pasar un mes con ellos, por extraño que fuera el mes.

Viernes se dirigió directamente a la emisora de radio de Nashville para entregar el camión y la casa rodante después de dejar a los Skylark.

El personal de la emisora estaba ansioso por conocer sus experiencias. Se quedaron estupefactos al enterarse de las noticias sobre May mientras él estaba allí.

Viernes se enteró de que Baxter había entrevistado personalmente a Ray Skylark en dos ocasiones anteriores sobre su música.

"¿Averiguó cómo tenía tanta suerte jugando a las cartas?". preguntó Jordan.

Viernes sonrió y contestó: "N-O, Nada Oculto, L-I, Leyenda Indomable, o un N-V, jugador Novato que aún está Verde".

Jordan se rió y empezó: "Skylark habló muy brevemente de su afición a los naipes en una de sus entrevistas. Cuando Baxter trató de seguir con el tema, Skylark cambió hábilmente de tema y volvió a su música. Esto molestó mucho a Baxter".

"Me lo imagino", dijo Viernes.

"Baxter dijo: 'Este tipo es un tiburón de las cartas', pero no pudo conseguir que lo admitiera. Apuesto a que Skylark escribió su carta de ingreso en ese tono de pueblerino como una broma a Baxter, para ver si se acordaba de quién era", musitó.

Jordan continuó: "Baxter nunca deja las cosas tranquilas. Cuando le enseñamos la carta que Ray escribió para conseguir el servicio de Viernes, Baxter convirtió en un proyecto personal averiguar más cosas sobre él. Baxter está ahora de gira por Europa, pero dejó instrucciones para que lo mantuviéramos informado".

Jordan sacudió la cabeza y sonrió. "¿Por qué sigo pensando que Baxter y Skylark jugaron juntos a las cartas y Skylark le dio una paliza a Baxter? Eso no te lo he dicho yo".

"Espero que eso ponga fin al asunto para Baxter, si es eso lo que pasó" -, le dijo Viernes-. A Speller le alegrará saber que usaba el lenguaje corporal para ganar a las cartas, pensó.

Era hora de que Viernes saliera hacia el aeropuerto para tomar su vuelo de regreso a Texas. Dejaría que Speller agradeciera de nuevo a Baxter el uso de la casa rodante.

Mientras Viernes se relajaba y se recostaba en el asiento del avión en su viaje de vuelta a casa, a Texas, sus pensamientos se centraron en el juego de cartas.

Me pregunto si Speller juega a las cartas.

BUCK GARCÍA

Viernes se encontró más cómodo esta vez en el despacho de Speller. Era casi como si conociera al autor de toda la vida. Y su emocionante experiencia con los Skylarks no había hecho más que abrirle el apetito para vivir más experiencias como Un Hombre Llamado Viernes. Disfrutaba conociendo a la gente, mientras que antes se había consumido por su trabajo orientado a los números en la empresa de contabilidad. Compartió con entusiasmo sus experiencias con Speller.

Speller sacó una carta de la creciente pila de su carpeta.

"Esta me llamó mucho la atención", dijo. "Es de Buck García, supervisor de trabajadores inmigrantes en el sur de Texas. Escribe que siempre le falta personal para la temporada de recolección de naranjas. Su posdata es lo que realmente me llamó la atención. Cito: 'Su hombre llamado Viernes puede comer todos los productos frescos y naranjas que quiera'. La carta estaba escrita a lápiz sobre papel rayado de cuaderno. Tanto el papel como la posdata hacían que esta carta fuera diferente. Piensa en las posibilidades de vivir entre trabajadores inmigrantes. Tantas personalidades que observar. Sí, será el próximo ganador". añadió Speller.

Viernes sonrió. "Parece interesante. Mi español está bastante oxidado y no sé demasiado sobre la industria de producción de alimentos, pero estoy dispuesto a aprender".

Era época de cosecha de verduras en la granja Hallway's Truck cuando Viernes bajó del autobús rural del condado.

Buck García estaba allí para recibirlo, con un viejo par de mocasines desgastados y una camisa blanca almidonada, desabrochada a la altura del cuello.

Una sombra oscura de barba incipiente le cubría las mejillas, la barbilla y el cuello. Llevaba el pelo negro alborotado. Sus hombros eran tan anchos como los de cualquier jugador de fútbol americano, pero se hundían como si cargara con los problemas del mundo.

Para Viernes, era un hombre enorme, de al menos 1,90 metros y más de 100 kilos.

"¿Qué tal, Viernes?", le saludó con voz ronca pero amistosa.

Viernes se dio cuenta enseguida del acento del sur de Texas de Buck. Buck se aclaró la garganta e inició una larga serie de toses cortantes. En el bolsillo del pecho se veía claramente el contorno de un paquete de cigarrillos.

"Es usted un regalo para la vista", gritó cuando se le pasó el ataque de tos. Buck agarró la mano de Viernes y empezó a estrechársela. Casi levantó del suelo el cuerpo de metro ochenta y ochenta y seis kilos de Viernes.

"Se quedará en la cabaña contigua al barracón donde se alojan los trabajadores", dijo Buck. "Me aseguraré de que lo cuiden bien".

Agarró la bolsa de lona de Viernes cuando éste se agachó para recogerla. Buck metió la bolsa de más de diez kilos en la caja de su camioneta como si fuera un saco de plumas.

El trayecto duró menos de veinte minutos. Mientras conducían, Buck hablaba sin parar sobre los cultivos, mirando de reojo para estudiar la reacción de Viernes a la información que le estaba dando.

Viernes se sentó en silencio, escuchando mientras se sentía examinado y evaluado bajo la mirada de Buck y esforzándose por no sentirse incómodo.

Para Buck era igualmente incómodo. Era la primera vez que era jefe de un gringo. ¿En qué se estaba metiendo?, se preguntaba.

Cuando los dos llegaron a la granja de los Hallway, fueron directamente a la cabaña que sería el hogar de Viernes durante el mes siguiente.

Estaba limpia y era habitable, con una cama individual, una cómoda, un foco de sesenta vatios colgando del techo, una mesa cuadrada con dos sillas en el centro de la habitación y un ventilador de techo sobre la cama.

Buck se quedó un momento pensativo. De pronto cruzó la habitación y descorrió una cortina floreada.

"El cuarto de baño", anunció.

La habitación de cuatro por ocho era una obvia ocurrencia tardía, probablemente añadida cuando el lujo de la plomería interior llegó al rancho. Tenía una ducha de metal oxidado, un lavabo y un inodoro.

"Este lugar se utiliza cuando uno de los trabajadores tiene visita. Dos días es lo máximo que alguien puede quedarse aquí", explicó Buck con voz autoritaria. "Usted es la excepción. Este es su lugar durante el próximo mes. Tómese su tiempo para instalarse mientras llevo las hojas de asistencia del personal al jefe. Mañana es día de paga". Levantó la barbilla con autoridad mientras se dirigía a la puerta. "Volveré en un par de horas para recogerlo a tiempo para comer".

La puerta se cerró tras él.

Viernes se quedó de pie en medio de la habitación, mirando a su alrededor en busca de un armario donde pudiera colgar la ropa.

El traje informal que llevaba en el viaje era su principal preocupación. Dio un suspiro de alivio cuando vio los tres ganchos con perchas de alambre junto a la puerta. Después de colgar el traje, abrió su maleta y guardó su contenido en la cómoda: una cámara de fotos, una grabadora portátil, dos cuadernos y seis blocs de notas. Como ocurrencia tardía, había pasado por la librería para comprar dos novelas de Speller. Necesitaba familiarizarse con el estilo de escritura de su jefe.

Buck regresó poco antes del mediodía. Viernes se había puesto ropa de trabajo y observó que Buck también se había cambiado de ropa. Había optado por una sudadera sin mangas y unos pantalones cortos de tela de vaquero azules. Un pañuelo rojo a cuadros colgaba del bolsillo de su cadera.

"Se va a dar un gustazo", dijo Buck con una amplia sonrisa. "Rosie y su hija, Avelia, cocinan para los trabajadores. Hoy les pedí que hicieran enchiladas. Su cocina supera todo lo que he comido en cualquier restaurante de lujo. Rosie es incluso mejor cocinera que mi mujer, pero eso no se lo dije yo".

Viernes reprimió una sonrisa mientras se recordaba a sí mismo: "No dejes que el tamaño de este tipo te engañe. Es un gatito". Debajo de su lado blando había un hombre con un carácter y una fuerza física inmensos.

□□□□□

El comedor se construyó junto al barracón donde se alojaban los solteros.

Los trabajadores casados tenían que buscarse un sitio en la ciudad. Llegaban cada mañana al amanecer, metidos de pie en la parte trasera de destartalado camión de ganado.

La situación le recordó a Viernes el tiempo que pasó en Guatemala durante un mes como voluntario de los Cuerpos de Paz.

A los trabajadores de la granja se les servían dos comidas al día, el desayuno al amanecer y el almuerzo al mediodía. El comedor permanecía abierto el resto de la tarde para que cualquiera pudiera entrar y servirse bandejas de fruta, restos de tortillas o bolillos mexicanos.

También había una nevera con embutidos variados y queso. Los refrescos fríos se guardaban en una destartalada máquina de bebidas comerciales de Coca-Cola.

"El alcohol no está permitido en el local", le dijo Buck a Viernes. "Lo que hagan fuera de la propiedad es asunto suyo".

"Ah", dijo Viernes con una sonrisa. "Tendré que sustituir la Bud por una Big Red o una Coca-Cola", bromeó mientras llenaban sus platos y se sentaban a almorzar.

Desde su divorcio, Viernes había vuelto a los bares en busca de la compañía de otros solteros. Las primeras horas de la noche transcurrían jugando a los dardos o hablando de béisbol con su vecino Brett en el pub de la esquina mientras tomaban una cerveza o un whisky con soda y aplazaba el regreso a casa, a un apartamento vacío. Antes de salir de Houston, le habló a Brett de su nueva aventura y le prometió que se pondría en contacto con él cuando volviera a casa.

Viernes volvió al presente cuando Buck apartó su plato y empezó a decirle que el jefe estaba ansioso por conocerlo.

"Entrar al concurso en realidad fue idea de mi mujer", dijo Buck. "Esa mujer insistió rotundamente en que debía escribir esa carta. A decir verdad, nunca pensé que tuviera la más mínima posibilidad de ganar". Una sonrisa pensativa curvó sus labios.

Sin previo aviso, Buck se levantó, tomó una cuchara y la golpeó contra su vaso. Cuando la sala se calmó, anunció en un español fluido: "Escuchen, hombres. Durante el próximo mes, contaré con los servicios de un ayudante. Se llama Viernes y está aquí para ayudarme a vigilarlos".

El personal se echó a reír. Varios asintieron a Viernes e inmediatamente volvieron a sus platos de comida.

Una vez hecho esto, Buck miró a Viernes. "Conocerá al Sr. Hallway mañana. Vendrá a comer. Le he dicho que no lo puse en la nómina y que está aquí para ayudarme. Puede explicarle lo del concurso de radio, si no le importa".

Viernes asintió. "Claro. ¿Y cuánto tiempo lleva trabajando aquí?", preguntó, sacando del bolsillo un pequeño cuaderno de periodista.

"Dieciocho años. He trabajado en los tres locales de las granjas de la familia Hallway. Cuando empecé, nunca supe en qué granja trabajaría, pero desde hace cinco años soy el capataz de esta granja. Empecé aquí cuando tenía dieciséis años y vine de México con mi padre y mis dos hermanos para recoger la cosecha". Parecía orgulloso de sus logros. "Después de casarme, compré un pequeño lugar más arriba de aquí. Mi padre y dos de mis hermanos menores siguen trabajando para el Sr. Hallway. Es un buen hombre para el que trabajar; nos ayudó a conseguir los papeles de ciudadanía".

Buck se estiró, flexionando los codos. "Llevamos aquí todo este tiempo. Cumpliré treinta y cuatro en julio". Buck García estaba orgulloso de su trabajo y era obvio.

"¡Un momento!" Buck frunció el ceño. "¿Qué está anotando?".

"Sólo algunos datos. Es una costumbre que tengo desde hace mucho tiempo. Creo en anotar las cosas. Parece que puedo confiar más en mis notas que en mi memoria. Mi padrastro era policía, detective y siempre llevaba un bloc de notas con él".

Buck estaba claramente incómodo, así que Viernes se elaboró. "No sólo hacía listas en la escena de un crimen, que no compartía conmigo, sino que hacía listas de películas, títulos de libros, números de teléfono, tareas domésticas, etcétera. Estaba muy impresionado y orgulloso de él. Empecé a llevar un cuaderno en cuanto supe escribir". Hizo una pausa. Su tono era de disculpa. "No estoy seguro de si lo imitaba o si tengo un trastorno compulsivo. Así lo llamó mi mujer, mi ex mujer".

La risa de Viernes era débil. Se estaba disculpando demasiado. "Escuche, Buck; si lo pone nervioso, cerraré el cuaderno".

"No, por mí está bien ahora que sé por qué lo hace. Pero si escribe cerca de los chicos, pensarán que tal vez es de inmigración o de los Rangers de Texas y no cooperarán con usted para nada".

"Me alegro de que me lo advirtiera, Buck. No quiero empezar con el pie izquierdo". Viernes deslizó el bloc de notas de nuevo en su bolsillo. Esperaría y tomaría notas más tarde.

Después de comer, subieron a la camioneta de Buck y se dirigieron a los campos. Viernes se quedó al lado de Buck y ayudó cuando lo vió necesario, absteniéndose de sacar el cuaderno.

Quizá sea ridículo hacer una lista de todo lo que observo y hago, pensó Viernes. Tal vez padezca realmente un trastorno compulsivo. O tal vez sacar la libreta y el bolígrafo sea sólo una reacción nerviosa porque me siento fuera de lugar aquí. O puede que una reacción nerviosa y una compulsión sean la misma cosa.

Viernes reflexionó sobre todo eso durante el resto del día. Llegó a la conclusión de que así eran las cosas y, además, tomar notas formaba parte de su trabajo con Speller. Tomó nota mentalmente de que debía ser más discreto al respecto.

Fue un día largo. Después de que Buck lo llevara al cuarto de invitados, Viernes se duchó y se apoyó en la cama con su computadora. Más tarde iría al comedor a prepararse un sándwich. En ese momento, necesitaba escribir los sucesos del día tal y como se habían desarrollado. Empezó a organizar sus pensamientos.

El comentario de Buck sobre que los hombres se sentirían intimidados si lo veían tomando notas lo perturbó. Ahora que tenía tiempo para prestarle atención, recordó que cuando iba al bar de su casa, su vecino anunciaba al entrar por la puerta: "Atentos. Aquí viene el detective".

Una vez terminado su informe diario para Speller, se estiró en la cama.

Contempló somnoliento el ventilador de techo que empujaba el aire en círculos cálidos y suaves; la pereza que le producía le hizo recordar la vez en que su socio lo avergonzó en la fiesta de Navidad del personal, contándole divertidas anécdotas e incidentes ocurridos en la oficina cuando se centraba en él.

"He tenido el privilegio de ver algunas de las listas y notas más privadas de Alex, incluidas aquellas en las que llevaba la cuenta de cada comida ingerida y cada evacuación intestinal desde los diez años".

Se quedó de pie, con la cara roja y las manos en los bolsillos, esperando parecer un buen chico. Se sonrojaba sólo de recordar el incidente.

Tenía que dejar de tomar notas. De lo contrario, quedaría como un tonto y la gente se sentiría incómoda. Al fin y al cabo, él no era Colombo.

Una vez tomada la decisión, se puso de lado y se durmió rápidamente.

Viernes se despertó con el sonido de lo que parecía ser una sirena de niebla. Supuso que era la señal para despertarse. Se sentó erguido y se frotó las manos como si estuviera a punto de cortar leña o de realizar algún otro ejercicio vigorizante.

Se puso unos pantalones azules de vaquero y una camiseta polo y se dirigió al comedor. Hoy almorzaría con el gran jefe. Le hacía mucha ilusión. Buck hablaba tan bien de él; debía de ser una persona especial.

La mañana pasó inusualmente rápido. Viernes se sobresaltó cuando oyó el timbre del almuerzo.

El señor Hallway ya estaba en el comedor cuando Viernes y Buck entraron. Hallway era una de esas personas de las que Viernes habría disfrutado haciendo un boceto; si tan sólo pudiera escribirlo todo. Necesitaba que cada detalle fuera exacto.

Hallway parecía un reloj biológico que parecía sufrir una confusión cronológica. Tenía la cara lisa, despejada y abierta de un treintañero, el pelo canoso de un cincuentón y los hombros redondeados por la edad de un jubilado. Llevaba una camisa blanca abierta por el cuello y pantalones azul de vaquero. Ya estaba comiendo cuando Viernes y Buck se acercaron a su mesa.

Hallway hizo su silla hacia atrás y se levantó para presentarse y estrechar la mano de Viernes. Con las prisas, se olvidó de limpiarse las manos del guacamole y la crema agria que había estado comiendo. Para no avergonzarle, Viernes se limpió rápidamente la mano en el dorso de los pantalones.

Después de llenar sus platos con el buffet, Viernes y Buck se unieron a Hallway, que no paraba de hacer preguntas sobre el concurso. Aunque seguía comiendo con gusto, parecía realmente interesado en cómo funcionaba el concepto de Un Hombre Llamado Viernes.

Hallway tomó una tortilla de maíz, se sirvió un buen puñado de guacamole y crema agria, echó un poco de cebolla picada por encima y comió con un aprecio que sólo distaba un paso del regocijo maníaco.

En los cuarenta y cuatro años que tenía Viernes, nunca había visto a nadie como el señor Hallway. Se preguntó cómo serían sus padres. Era anglosajón, no de origen hispano. ¿Y de dónde había sacado sus modales en la mesa?

Parecía inteligente, salvo por el hecho de que una de cada cinco palabras iba seguida de 'ya sabes'. Viernes perdió la cuenta después de oírlo repetirlo por vigésima vez.

Quizá no era el único con un trastorno compulsivo. El celular de Hallway sonó, trayendo los pensamientos de Viernes de vuelta al presente. Hallway se levantó de la mesa en busca de algo de intimidad o, tal vez, ya había terminado de comer.

Viernes sonrió. Se había topado con un personaje real, uno que iría bien con las novelas de Speller.

Durante los primeros días, Buck se mostró reacio a pedirle a Viernes que hiciera algo en concreto. Viernes se limitó a seguir al corpulento hombre y a observar lo que ocurría.

Se enteró de que había treinta y cuatro trabajadores y tres camioneros que transportaban las cajas cargadas de verduras a una planta de producción cercana.

No se trataba de una de las granjas de camiones más grandes: apenas superaba los 90 acres. Las zanahorias, las calabazas, los tomates, los pepinos, los rábanos y las acelgas fueron las verduras que se cosecharon mientras Viernes estuvo allí.

Los trabajadores se desplazaban de un campo a otro según las necesidades. Buck tomaba las decisiones cuando los cultivos estaban listos para recoger.

Buck se movía constantemente, del almacén de empaquetado al campo, echando una mano donde hiciera falta. Conocía a todo su equipo por su nombre de pila y los hombres le tenían un respeto evidente. Se encargaba de todos los trabajos del lugar.

Al tercer día, Buck le dio a Viernes un teléfono móvil y las llaves de un camión.

"Puede ver lo que hay que hacer. Cualquier ayuda será apreciada".

Y Viernes colaboró como un profesional.

Todo iba bien hasta el día en que Tony se cortó la mano con un cable roto encima de una caja. A Viernes le pareció que le habían cortado el pulgar. Buck tomó el botiquín, pero no pudo detener la hemorragia. Cuando Tony se desmayó, Buck y uno de los hombres lo subieron a la parte trasera de un camión y lo llevaron a una clínica de urgencias.

Viernes sirvió como jefe durante el resto del día.

A la mañana siguiente, poco después de las 2:00 a.m., sonó el celular de Viernes. Era Buck. Le habían llamado para que regresara a casa. Su madre, que vivía en México, se estaba muriendo y Viernes tenía que asumir todas las responsabilidades durante los próximos días.

"Puede hacerlo, Viernes", le aseguró Buck.

Y Viernes sabía que podía contar con la ayuda de cualquiera de los hombres, que parecían haberlo aceptado.

No todo era trabajo y nada de diversión. El sábado a las cuatro de la tarde, los trabajadores empezaron su fin de semana libre, para volver al trabajo el lunes por la mañana.

Buck, ya de vuelta del funeral de su madre, invitó a Viernes a unirse a los festejos y conocer a su familia. Viernes le preguntó si podía llevar pantalones azul de vaquero.

"Lo que sea está bien", respondió Buck.

A sus cuarenta y cuatro años, Viernes seguía siendo un hombre apuesto. Sus ojos marrones seguían siendo tan vigilantes y apasionados como cuando formaba parte de los equipos de debate durante sus años universitarios. Su voz seguía transmitiendo la misma modesta calidez y entusiasmo. Tenía un mentón fuerte y una actitud despreocupada que destilaba confianza. Su pelo negro le caía permanentemente sobre la frente en un mechón barrido por el viento. Cuando estrechabas su mano, la rugosidad callosa de sus palmas podía hacerte recordar a un marinero consumado. En realidad, las había adquirido gracias a su amor por la naturaleza, cortando leña y desbrozando los alrededores de su cabaña de montaña, donde algún día se retiraría.

Por sugerencia de Buck, el comedor se utilizaba para reuniones sociales dos veces al mes, los sábados por la noche. Las mesas estaban pegadas a la pared. La rocola estaba a todo volumen, haciendo vibrar la sala con canciones y música hispanas.

Freddy Fender parecía ser el favorito del público. Quizá porque era primo de uno de los trabajadores. ¿O por sus tristes letras?

Además de la rocola, había música en vivo: un cuarteto formado por dos obreros, Tony y Richard, que trabajaban para Buck, y dos trabajadores de una granja vecina de Hallway, formaban una banda y tocaban animadas melodías. Ahora estaban calentando en la parte de atrás.

Hubo baile y las señoras llevaron comida. Incluso los niños participaron en la fiesta.

Se utilizó un pórtico cubierto para que los niños jugaran. Esto no les impidió correr de un lado a otro para subirse al regazo de su madre o de su padre. Las madres trajeron mantas para que sus hijos durmieran, ya que se habían rendido, uno tras otro, después de un día agotador.

Cuando Viernes entró en el comedor aquella tarde, todos los ojos estaban puestos en él. Las familias y amigos de los trabajadores habían oído hablar mucho de él por Buck. Buck estaba disfrutando del cambio de roles, diciéndole a un gringo lo que tenía que hacer. Viernes casi había alcanzado el estatus de celebridad.

Buck saludó inmediatamente a Viernes y lo llevó al centro de la sala, lo tomó del brazo y se lo levantó al aire.

Buck miró a la banda y, en el momento justo, tocaron un redoble de tambores. Buck anunció: "Señoras y señores, mi hombre llamado Viernes". Todos se levantaron y aplaudieron.

Buck se inclinó para susurrarle a Viernes "Necesito un favor. Quiero que baile con la hermana de mi mujer".

Sin dar a Viernes la oportunidad de responder, Buck se apartó y una hermosa y esbelta chica hispana vestida con un traje de Pueblo se caminó al frente.

La banda de mariachis puso la música a todo volumen y ella empezó a bailar flamenco.

Todos aplaudieron al ritmo de la música. Incluso los niños se unieron. Cuando terminó e hizo una reverencia, se acercó a Viernes, tomó su mano, hizo un gesto con la cabeza a la banda y lo acercó a ella. No tuvo más remedio. Cuando empezó la música, se sorprendió de lo fácil que era sincronizarse con ella. Se sintió como si estuviera de vuelta en los Cuerpos de Paz, bailando con los nativos y se relajó con los movimientos.

Cuando terminó la canción, se encendieron las luces y los rodearon los curiosos que tomaban fotos. A Viernes se le trabó la lengua. La sobrecarga sensorial se había apoderado de él: la presentación de Buck, bailar flamenco con una profesional y, sobre todas las cosas, encontrarse cara a cara en el comedor de forma inesperada con Speller, el señor Hallway y un extraño, que después supo que se trataba de Baxter, el mejor amigo de Speller del negocio de la radio. Se acercó para saludar a Speller.

"Me sorprende verlo aquí", dijo Viernes, intentando recuperarse de un momento de 'no puedo creerlo'.

"Baxter nunca deja escapar una oportunidad si significa publicidad. Me llamó esta mañana e insistió en que visitáramos a Buck, nuestro segundo ganador, ya que no fue posible asistir con el primero. Vinimos en su helicóptero".

Speller estaba obviamente disfrutando del espectáculo.

"¿Buck sabía de esto?", preguntó Viernes.

"¡Claro que no! No habría sido una sorpresa para los dos. Llamé a Hallway. Sugirió que invitáramos a bailar a la cuñada de Buck". La música había vuelto a sonar y Baxter casi gritaba para que lo oyeran por encima del estruendo.

Mientras se tomaban fotos y entrevistaban a Buck con Baxter al mando, Viernes y Speller tuvieron tiempo para charlar.

"¿Cómo va todo?" preguntó Speller. "Sé que sólo han pasado diez días y sus informes diarios me mantienen informado y al día. Será cuestión de tiempo para que los compañeros se suelten más y lo consideren uno de ellos. Será entonces cuando afloren sus verdaderas personalidades". Viernes estuvo de acuerdo y hablaron del nivel de confianza que Buck tenía en él, tanta que era capaz de dejarlo al mando.

Mientras Viernes y Speller esperaban sentados en la banqueta a que Baxter terminara sus planes con el reportero y el fotógrafo, la hija pequeña de Buck, de cuatro años, se acercó y se puso delante de Viernes. Lo miró con sus grandes ojos marrones y le preguntó: "¿Qué clase de trozo eres?".

Al principio, Viernes no estaba seguro de haber oído bien. "¿Dijiste trozo?", preguntó.

"¡Sí!" Ella plantó los pies y puso las manos en las caderas. "Trozo".

"Bueno, supongo que se podría decir que soy un trozo de barro".

Sus ojos se agrandaron. Girándose hacia las tres chicas que estaban sentadas cerca, gritó para que todos la oyeran: "Es un trozo de barro".

Todos los que estaban a su alcance se rieron a carcajadas.

"¿Así que eres un trozo de barro?". Speller se dirigió a él, con los ojos abiertamente divertidos, y dijo: "Hace unos años, oí una canción que cantaba uno de los cantantes de country en la que decía que no era más que un trozo de carbón. Eso debería hacer saber a las chicas que usted es diferente y original".

La risa burlona de Speller tranquilizó a Viernes. Cuando Buck oyó el alboroto, se acercó a ver de qué se trataba.

"Espero que María no lo esté molestando. Es un poco pesada", dijo disculpándose y sonriendo a su hija con complicidad.

"En absoluto. Sólo tiene una mente curiosa".

Buck se marchó, sacudiendo la cabeza mientras tomaba a su hija de la mano y se dirigía hacia su esposa.

Terminado su trabajo, Hallway y Baxter se unieron a Viernes y Speller.

"¿Qué hace falta para conseguir un trago por aquí?", ladró Baxter.

"Aquí tenemos una norma estricta. Nada de alcohol en las instalaciones", le informó Hallway.

"Supongo que es una buena idea, sobre todo con los niños por aquí". Mirando a Speller, le preguntó: "¿Estás listo para irnos?".

"Cuando tú lo estés".

Antes de irse, Baxter miró a Viernes y le dijo: "Speller me dijo que estás haciendo un buen trabajo. Busca el humor en las cosas, muchacho; te divertirás mucho más".

Como ocurrencia tardía, antes de que llegaran a la puerta, Viernes tomó una botella de Big Red, la bebida favorita de este grupo de hispanos, se la dio a Baxter y le dijo: "Toma, hay suficiente azúcar en una de estas bebidas para darte un a subida".

Baxter y Speller se echaron a reír.

Viernes se dio cuenta de que Speller parecía entonces diez años más joven.

¿Quién hubiera pensado que se podía pasar una velada tan agradable sin una gota de alcohol?

Viernes esperaba con impaciencia la próxima reunión social que tendría lugar dentro de dos semanas. En cuanto a Speller, se alegró de haber tenido la oportunidad de conocer mejor a Viernes durante este extraño encuentro.

El lunes siguiente, cuando llegó la hora de volver al trabajo, Viernes escuchó a los hombres hablar de lo ocurrido el sábado. Durante el resto de su estancia, se refirieron a él, bromeando, como el 'trozo'.

Era la tercera semana de estancia de Viernes. Las cosas iban bien, hasta que llegó del campo para asearse antes de cenar y se encontró a una mujer en su cama.

Aquel suceso hizo que el mes fuera realmente memorable.

No hablaba inglés, pero Viernes no tardó en darse cuenta de que estaba en trabajo de parto.

Entre gemidos, repetía algo que no sonaba ni a español ni a inglés.

Finalmente, se limitó a repetir: "José, José" y Viernes se dio cuenta de que quería a uno de los hombres del barracón.

Viernes corrió al barracón para encontrar a José y pedir ayuda.

"Esa debe ser Metilda. José llevó la última carga de verduras a la fábrica de conservas y no ha vuelto", le informó uno de los hombres.

"Llame a Rosie y a su hija; ella sabrá qué hacer", sugirió otro hombre.

Afortunadamente, Rosie y su hija, Avelia, seguían en la cocina cuando Viernes les contó lo que estaba pasando.

Rosie se hizo cargo inmediatamente y le dijo a Avelia que llamara a la comadrona, Laura, y le dijera que viniera inmediatamente.

Rosie siguió a Viernes hasta su cuarto. Evaluando la situación, le pidió a Viernes que se quedara y vigilara que Metilda no se cayera de la cama.

Cuando Avelia llegó al cuarto, Rosie le mandó traer toallas y una tina con agua caliente para preparar el parto.

Los gemidos de Metilda se hicieron más molestos para Viernes. Se sentía tan impotente que sólo quería salir de allí, pero Rosie insistió en que se quedara. "Necesitamos su ayuda", le dijo. "Sólo sostenga su mano hasta que Laura llegue".

Viernes hizo lo que le decían, pero su mente se fijó en la escena de la sala de partos de la película *Jersey Girl* (Una chica de Jersey). Ben Affleck sostenía la mano de su esposa, el papel interpretado por Jennifer López. El médico que la atendía le indicó a Jennifer que respirara larga y profundamente, y luego empujara.

Viernes siguió el ritmo y animó a Metilda a que lo siguiera.

Se volvió ajeno a su entorno y tan absorto en el momento que hizo falta el sonido de una bofetada y el ronco llanto del bebé para sacar a Viernes de su estado de concentración.

La puerta se abrió y Laura apareció con su bolso, dispuesta a tomar el relevo. José estaba detrás de ella.

Laura se sorprendió al ver a un hombre de pie junto a la cama.

"Parece que no me necesitaba", dijo con una sonrisa mientras observaba a Viernes.

José se acercó a la cabecera y Viernes aprovechó para salir, tambaleándose hacia el barracón. Estaba mentalmente agotado. Ella llevaba más de seis horas de parto.

Era más de medianoche y los hombres que estaban allí seguían despiertos y ansiosos por saber lo que había pasado. Viernes les dijo: "Ayudé a Metilda hasta que llegó la comadrona, y se dejó caer en una cama".

"¿Qué va a hacer Buck cuando se entere de esto?". Corearon todos.

Otro preguntó: "¿Creen que despedirá a José?".

Mientras discutían la situación, entró José. "Las mujeres me quieren fuera de la habitación", sonrió y añadió: "Soy papi". Todos le dieron la enhorabuena.

José sonrió y se encogió de hombros. Su voz contenía una nota de esperanza. "No creo que Buck me despida por dejar que esto ocurra. Todo ha sido muy rápido. Metilda quiere que toda nuestra familia sea americana. Me dijo que tendría el bebé aquí, para que fuera ciudadano estadounidense. No creí que se refiriera a aquí, en la granja".

Otro de los hombres sugirió: "Tal vez Buck no tiene por qué saberlo". "Sí", dijo otro. "¿Pero qué pasa con Viernes? ¿Creen que se lo dirá a Buck?".

Mientras hablaban, miraron a Viernes, que había estado tratando de convencer a su cuerpo para que se durmiera, pero medio escuchando, finalmente habló.

Dijo en español: "No hay problema, José. Llama al bebé Buck y luego pídele a Buck que sea su padrino".

La sugerencia les pareció la mejor solución. Las luces se apagaron poco después de la una de la madrugada.

A la mañana siguiente, José se acercó a Viernes y le preguntó si le importaría tomarse una foto con Metilda, su hijo, Rosie y Avelia. "Significaría mucho para Metilda", dijo tímidamente.

Mientras Viernes sonreía junto a ellos, pensó: "Supongo que ahora podré añadir el servicio de parto a mi currículum".

Viernes no estaba presente cuando José le contó a Buck lo que había pasado aquella noche. Buck nunca sacó el tema y Viernes tampoco. Después de todo, tales sucesos no eran tan inusuales. Y Viernes se enteró de que las comadronas se ganan bien la vida en la frontera.

Viernes adjuntó su informe final antes de enviárselo por correo a Speller.

"Bueno, recuperé mi cama a la mañana siguiente, falta una semana para que termine el mes. Me enteré que Metilda volvió a México con su pequeño Buckaroo, un ciudadano estadounidense más viviendo al sur de la frontera".

Tuvo una experiencia de aprendizaje memorable, conociendo a Buck, a los recolectores y, sobre todo, la comida casera

Tex-Mex. Nunca llegó a comer las naranjas que Buck prometía en su carta. La cosecha de naranjas no empezaría hasta dentro de dos semanas.

Añadió algunos comentarios personales al informe. "Me alegro de haber tenido la oportunidad de vivir entre las personas que se encargan de plantar, cuidar y recoger nuestros alimentos. No es una profesión que elegiría para ganarme la vida. Pero me di cuenta de algo. Los trabajadores estaban orgullosos, agradecidos y todos mostraban una actitud optimista. Estoy seguro de que Buck tuvo algo que ver con su moral".

Speller estaba más que satisfecho con el informe de Viernes. Profundizaba más de lo que esperaba. Viernes había recopilado información sobre la familia directa de Buck y sobre cuándo conoció a su mujer y a sus hijos.

También incluía fotos. Speller ampliaría cualquier información adicional cuando escribiera su versión de la historia.

Estaba en su despacho releyendo la información y esperando para discutir la siguiente tarea cuando Beth anunció la llegada de Viernes.

OLIVIA ROUNDTREE

"Me alegro de verte", dijo Speller con una sonrisa. "Estaba repasando tu informe sobre Buck. Y creo que ya tenemos a nuestro próximo ganador". Le entregó a Viernes una carta pulcramente mecanografiada.

Olivia Roundtree
1232 Bond Rd.
Mountain Ridge, N.D. 65481

Estimado señor:

¡SOS: Salve la cordura de Olivia! Soy una profesora de español de cincuenta y dos años.

No tomo drogas, ni fumo, ni bebo, pero soy una adicta frustrada a la comida. Mi problema: la casa de tres plantas que heredé de mis abuelos está llena y apilada de basura y tesoros. Un edificio metálico de 18 por 24 metros que pretendo utilizar como estudio también está lleno de 'porquería'. Los ratones y la humedad han hecho estragos. Confieso que soy una rata empaquetadora: no puedo tirar nada. La solución es Viernes: Tiene mi permiso para vender, quemar o enterrar esta carga. Repito, SOS.

Olivia

□□□□□

"Bueno, ¿qué te parece?" Speller preguntó.

"Me pregunto si realmente me dejará tomar decisiones sobre lo que debe desechar o lo que debe conservar", respondió Viernes. "¿Qué más ha averiguado Beth sobre ella?".

"La escuela está de vacaciones, así que estará en casa todo el día. Es autora de varios libros y tiene publicaciones.

Puedes irte la semana que viene, ¿o necesitas más tiempo para reagruparte?". preguntó Speller.

"Estoy bien", respondió Viernes. "¿Ya están todos los preparativos?".

"Todos excepto la fecha definitiva de comienzo", dijo Speller. "Puedes arreglar eso con Beth antes de irte. Olivia te recogerá en el aeropuerto. ¿Por qué no la llamas ahora? Ella podrá informarte de los detalles". Speller le pasó el teléfono a Viernes.

A Viernes le gustó la idea y marcó el número para establecer su primer contacto. Cuando Olivia contestó, charlaron durante varios minutos.

Después de colgar, Viernes dijo: "Ella vive en Dakota del Norte, otro estado del que sé poco. Sé que Dakota del Sur es donde están el Monte Rushmore y las Colinas Negras, pero no sé nada de las atracciones de Dakota del Norte. Me pregunto a qué distancia está la Montaña Ridge de las Colinas Negras".

Hizo una pausa y dejó que sus pensamientos sobre Olivia rebotaran en su mente como balines en un parachoques. "Profesora de español, hmmm, tal vez el tiempo que pasé en el sur de Texas con Buck me ayude".

□□□□□

El aterrizaje en Dakota del Norte fue tranquilo y Viernes estaba deseando conocer a Olivia Roundtree. Se había quedado especialmente impresionado cuando se enteró de que era escritora y profesora; también escribía música y tocaba la guitarra y el piano.

Y tuvo que sonreír al recordar lo que ella le dijo cuando le preguntó por teléfono cómo lo reconocería.

"No se preocupe", respondió ella. "Ya me he hecho una imagen mental de usted y lo reconoceré".

¿Bromeaba o tenía poderes psíquicos?

De pie junto al carrusel de equipajes, recorrió la sala con la mirada, observando a todas las mujeres que se arremolinaban a su alrededor.

De repente, sintió una mano en el hombro. "¡Viernes! Usted debe ser el hombre enviado por mis antepasados para salvar mi cordura".

Le cayó bien de inmediato. Era una mujer grande, estructurada a escala amazónica. Enseguida, Viernes se dio cuenta de que su ascendencia era probablemente nativa americana. Su largo cabello oscuro le colgaba por la espalda hasta la cintura; su rostro era llamativo, con pómulos prominentes y una mandíbula ancha, que se triangulaba en un mentón firme. Tenía la boca llena y los ojos claros como el cielo azul, que brillaban sólo un poco, probablemente por la expectación ante la llegada de Viernes.

La conversación que mantuvieron durante el trayecto hasta sus veinte acres en las afueras de la ciudad permitió a Viernes darse cuenta de que era una persona cariñosa y atenta, ya que hablaba de los estudiantes y de la comunidad en la que había nacido, crecido y vivido toda su vida.

Su destino era una granja bien cuidada, situada a unos treinta metros de una carretera sin salida. No tenía un estilo arquitectónico particular, sino una estructura sencilla pero acogedora de tres plantas con revestimiento azul, techo de tejas marrones y un pórtico delantero envolvente.

Viernes se detuvo en seco al ver la estatua de Quan Yin, la diosa de la misericordia, plantada en el patio lateral y rodeada de una exuberante cubierta vegetal. Tres veces en un período de dos meses, esa estatua había llamado su atención: primero en el patio de Speller, luego la que tenía su madre y ahora ésta.

¿Podría ser una coincidencia?

"¿Tiene Quan Yin algún significado para usted?", preguntó a Olivia.

"Sí. Es curioso que lo mencione. Mi padre se lo envió a mi madre. Era corresponsal del New York Times y viajaba mucho al extranjero. Mis padres se conocieron y se casaron en Nueva York. Después de que él muriera en Vietnam, mi madre nos trasladó aquí, a Dakota del Norte, y cuatro meses más tarde le entregaron esta estatua. La nota pegada en el reverso de la estatua decía: 'Mi espíritu está dentro de esta señora. Siempre estaré cerca para protegerte'. Mi madre supuso que papá la había comprado antes de ser matado y que se retrasó su entrega".

Interesante. Viernes tomó nota mental para preguntarle a Speller si había alguna historia detrás de su estatua de Quan Yin.

El segundo piso de la casa de Olivia también tenía un balcón envolvente, pero fue el tercer piso el que llamó la atención de Viernes.

Parecía una torre de faro con ventanas en los cuatro lados.

Antes de que pudiera abrir la boca para preguntar, Olivia empezó a explicárselo. "El tercer piso fue idea de mi abuelo. Era capitán de barco antes de instalarse aquí para estar cerca de la familia de mi abuela. La parte trasera del nido, como él la llamaba, da al lago. Se pasaba horas allí arriba sentado en una mecedora tocando la flauta".

"De niño, mi hermano y yo nos sentábamos a sus pies mientras nos contaba historias sobre su infancia en Noruega. Las recordé y escribí una trilogía sobre niños noruegos. Se publicó hace unos años".

Al fijarse en la escena pintada de árboles, pájaros y flores en un lateral del garaje anexo, Viernes preguntó: "¿Y usted también es artista?".

"Sí y no. Me gusta más pintar como pasatiempo. Esto lo hice un fin de semana en el que me sentía frustrada y afloró mi afición a la pintura. Mi amiga Trish es la artista. Ella me ayudó. La conocerá mientras esté aquí. De hecho, varios de mis amigos están deseando conocerlo".

Olivia recordó el día en que les contó a sus dos amigas, Trish y Frieda, sobre la carta que había escrito a la emisora de radio que patrocinaba un concurso en el que se ofrecía Un hombre llamado Viernes. Estaban en la sala de profesores después de comer.

"Durante todo un mes, él estará a mi lado para ayudarme a deshacerme por fin de toda la basura que llevo años queriendo desechar. Sé que ustedes se ofrecieron a ayudarme, pero es un trabajo de hombre", explicó Olivia.

"¿Qué escribiste?" preguntó Trish, intrigada por la idea.

Antes que Olivia pudiera responder, Frieda expresó su opinión: "Puedes apostar a que era descabellado".

"La verdad es que no". Olivia sonrió. "Cuando oí el anuncio en la radio, me llamó la atención. Empecé a recordar todas las cosas que los niños dejaron atrás cuando empezaron su nueva vida lejos de mamá. Ahora parece el momento adecuado para deshacerme de ellas. Dejaré que el viernes lo haga".

"Oye, suenas como si ya fuera un hecho que vas a ganar", bromeó Frieda.

"Quizá me estoy precipitando, pero ya he hecho una lista de cosas que hay que quemar, enterrar o vender en una venta de jardín", dijo Olivia mientras sus oscuras cejas se arqueaban con picardía.

"Cuéntanos lo que escribiste", animó Trish.

"No es textual, pero era más o menos así: SOS: Salve la cordura de Olivia, luego admití que era una rata empacadora y que le daría permiso a Viernes para que me ayudara a ordenar las cosas, como darlas a la tienda de segunda mano, tal vez hacer una venta de jardín o, simplemente, quemar la mayor parte".

"Sé que vas a ganar". Trish le dio una palmada en el hombro a Olivia mientras salían de la sala de profesores hacia sus aulas.

Y ganó.

□□□□□

"Le daré el Recorrido del Agente de Bienes Raíces", anunció Olivia mientras caminaban hacia el pórtico delantero. "Así que hoy usaremos la puerta principal".

"¡Entre!" Con elegancia, hizo una reverencia y extendió la mano, como hacen las modelos en el juego televisado en los E.E.U.U. *The Price is Right* (El Precio Justo) para mostrar mercancía.

"La Sala de Reuniones Sociales, donde doy de comer y beber a mis amigos, donde mis colegas escritores se reúnen para sesiones de crítica. Y cuando me apetece una comida sentada en vez de comer en la oficina o delante de la tele".

"¡Vaya!", fue el único comentario de Viernes cuando se paró a evaluar la habitación y su contenido: paredes de color rosa intenso con una mesa redonda y sillas en el centro de la habitación y, en todo el resto del espacio, había estanterías, cuadros y mesitas abarrotadas de figuritas, chucherías, baratijas. Le recordaba a la tienda de antigüedades y al salón de té que frecuentaba con su anterior esposa. Se refería a los objetos de coleccionista como atrapapolvo y se alegraba de que su ex se los llevara consigo cuando se marchó.

Apuesto a que cada uno de esos guardapolvos tiene un vínculo sentimental. Será mejor que me olvide de sugerirle que se deshaga de todo esto.

No hizo ningún comentario mientras la seguía a la habitación contigua: el salón. Se sorprendió. No estaba desordenada. De hecho, estaba escasamente amueblada. La habitación tenía una sensación de permanencia y continuidad. Exudaba constancia y estabilidad en comparación con la primera habitación, tal vez como reacción a que Olivia había perdido a su madre cuando sólo tenía quince años.

Esta mujer tenía que ser Géminis. Presentaban varias personalidades. El amigo de Viernes, Jed, le había explicado que un Géminis es alguien nacido entre el 21 de mayo y el 20 de junio, alguien que puede mostrar características de varias personalidades. Jed estaba casado con una y siempre estaba compartiendo las cosas extravagantes que hacía y las ideas que tenía.

Viernes le preguntaría a Olivia más tarde cuándo era su cumpleaños.

"Es como estar casado con dos mujeres", le dijo Jed a Viernes.

En la habitación sólo había un televisor, un equipo de música, una mecedora, una mesa baja de gran tamaño y un cómodo sofá pegado a una pared.

En las paredes de color azul pálido, los cuadros de paisajes marinos, barcos y naturaleza muerta demostraban un talento excepcional. Colgaban de las cuatro paredes. Se detuvo a estudiar el paisaje marino que parecía tan real que quiso tocarlo para ver si estaba húmedo.

"¿Es suyo?", preguntó.

"De mi madre", contestó. "Esta es mi habitación para sentirse bien, donde mi madre y mis abuelos se reunían los domingos después de la iglesia. Mi abuela leía pasajes de la Biblia y discutíamos. Por aquel entonces, no tenía ni idea de que mi madre estaba tan gravemente enferma. Tenía problemas de corazón y descansaba y pintaba mucho".

Olivia cerró los ojos un momento, tratando de mantener el recuerdo puro e inmaculado. De repente, abrió los ojos y volvió a la realidad. "El paisaje marino es el último cuadro que pintó".

Abriendo otra puerta, condujo a Viernes a su despacho. "Y ésta es mi sala de inspiración. Aquí escribo todo".

Las paredes estaban llenas de libros de todos los temas. En una de las paredes había un enorme escritorio de caoba con una computadora y una impresora-copiadora. En un rincón, junto a la ventana, había un cómodo sillón acolchado.

"Muchas mañanas me despierto en este sillón cuando estoy reescribiendo algo para una fecha límite", explicó.

"¿Les pone nombre a todas sus habitaciones?", preguntó Viernes.

Olivia se rió. "Ahora que lo menciona, supongo que sí. ¿Ve la puerta que hay junto al archivador? Es la Sala del Trono. Supongo que no necesita que le explique lo que hay ahí".

Olivia estaba disfrutando compartiendo su casa y sus posesiones con Viernes.

"Todos los que tocan un instrumento musical deberían tener una Sala de Música", dijo mientras abría la puerta entre dos librerías.

Fue entonces cuando Viernes sacudió la cabeza al mirar a su alrededor y ver el piano de cola, las baterías, las guitarras y los atriles.

"Dos veces al mes, mis amigos se reúnen aquí para ensayar. Tocamos en funciones locales. Somos siete. Tocamos country western. Varios de nosotros escribimos música y nos lo pasamos genial experimentando con nuevas canciones. ¿Usted toca?", preguntó dirigiéndose a Viernes.

"La batería, de adolescente, pero de eso hace mucho tiempo".

"Eso ya lo veremos", dijo ella y lo miró mientras una sonrisa pensativa curvaba su boca.

"Y sí, el lugar viene con una cocina. Siempre encontrará palomitas en el armario para picar. Me quitan el hambre. Un puñado me quita el hambre de comer dulces". Se rió como una adolescente.

"La cocina no es gourmet", admitió. "Soy adicta a la comida rápida y mi corpulento cuerpo atestigua que tiendo a excederme. Junto a la cocina está mi dormitorio, que no está abierto al público. La cama sin hacer, la ropa en la silla... ¿entiende? Vamos arriba, donde se alojará".

El segundo piso tenía cuatro dormitorios y al final del pasillo había un amplio cuarto de baño.

"Prepárese", advirtió mientras guiaba a Viernes escaleras arriba.

La primera habitación era definitivamente femenina. "La habitación de mi hija. Vive en Florida con su marido y su hija. Nunca recogí todas sus cosas. Me dijo que no quería nada aquí y que hiciera con él lo que quisiera".

Había dos sillones, tres cómodas, una cama doble y cajas de cartón apiladas hasta el techo contra una pared. La puerta del armario estaba abierta y el propio armario estaba repleto de ropa. "Ella tenía intención de tapar los sillones sucios, pero nunca lo hizo. Definitivamente tienen que desaparecer".

Sí, pensó Viernes, definitivamente material para una pila de fuego.

Caminaron hasta la segunda puerta; el olor de las zapatillas de tenis sudadas que estaban junto a la cama y de la ropa sucia apilada en las sillas irritó la nariz de Viernes. Dejó escapar un violento estornudo cuando Olivia abrió la puerta.

"Abramos algunas ventanas para que salga este olor a humedad", sugirió ella.

Más sillas que necesitaban reparación, una mesa de cartas y dos camas individuales. Definitivamente no era la habitación en la que me gustaría dormir.

"La habitación de mi hijo, no es la más ordenada, como puede ver. No he estado en su habitación en más de un año. Es músico ambulante. La última vez que supe de él, estaba en Inglaterra. Perdón por este desastre. Sigamos adelante".

La tercera habitación en la que entraron era habitable. Estaba llena de sillas plegables y la cama parecía cómoda. Una enorme ventana, que definitivamente necesitaba un poco de limpiador de vidrios liquido, pero tenía vista al campo.

"La ropa de cama está en el lavabo de abajo y podrá recogerla más tarde. Lo siento por no tener las cosas listas, pero he estado tan ocupada en la escuela que estoy agotada por la noche cuando llego a casa". Su tono era de disculpa.

"No pasa nada. Ese es mi trabajo mientras estoy aquí: hacerle la vida más cómoda y fácil", le aseguró Viernes.

La cuarta habitación parecía una tienda de muebles usados. Muchas de las cosas estaban rotas, esperando a ser arregladas o pegadas, o si no valía la pena el esfuerzo, a estar en la pila de quemados. También había una ventana rota que necesitaba un cristal nuevo. Viernes se dio cuenta de que tenía mucho trabajo por delante.

"En su carta, mencionaba que tenía un cuarto de almacenamiento y que había acumulado mucha basura y tesoros. ¿Es ese el edificio de ahí fuera?". Viernes miró por la ventana, donde había varios cobertizos pequeños y un gran edificio metálico.

"Podemos ir a allá mañana. No me gustaría espantarlo en su primer día. Podría hacer las maletas e irse por la mañana si ve lo que hay allí. En caso de que quiera explorar el nido de mi abuelo, puede llegar a él por la puerta que hay al final del pasillo. Se abre al balcón exterior y las escaleras suben al nido", explicó.

Olivia tuvo la sensación de que definitivamente estaba interesado en esa habitación.

"Volvamos abajo. Traje unos sándwiches del deli. Espero que le guste el champán, cortesía de Trish. 'Dale la bienvenida con un poco de burbujas'. Trish es un personaje, estoy segura que estará de acuerdo cuando la conozca. Ahora quiero oírlo todo sobre usted", dijo Olivia mientras se dirigían a las escaleras.

Comieron los bocadillos y bebieron champán en la Sala de Reuniones mientras se conocían mejor.

Habían estado hablando de las aventuras de Viernes mientras estaba en la huerta con Buck y de su estancia de un mes con los Skylark en Tennessee. Olivia estaba familiarizada con la gente y la zona donde vivía Buck. Había pasado un verano en el sur de Texas.

Cuando oyó la palabra Skylark, reconoció el nombre.

"¡Skylark! Ese nombre me suena. ¿Hacían espectáculos en un crucero?".

"De hecho, lo hacían", dijo Viernes, con una expresión de sorpresa en la cara.

"Una de las profesoras fue a un crucero hace varios veranos y volvió a casa hablando maravillas de las actuaciones de los Skylark. Dijo que fue lo mejor del crucero".

"Bueno, yo estaba en primera fila. Sé de lo que hablaba. Estuvieron fantásticos". Viernes no vio la necesidad de entrar en los trágicos detalles de la enfermedad de May. "Antes de irme, Faye me dio tres cintas que pusieron a mi disposición durante sus actuaciones. Aún no he tenido tiempo de escucharlas. Se las dejé a Speller para que las escuchara".

Intercambiaban anécdotas como lo haría una familia cuando uno de sus miembros regresa después de un viaje. Uno puede perder la noción del tiempo, que era lo que había ocurrido. Era tan fácil hablar con Olivia.

De repente, Olivia miró el reloj y exclamó: "¡No puedo creer que sean más de las dos de la madrugada! Será mejor que nos vayamos a dormir. Ha sido un día muy largo para usted", mientras se apartaba de la mesa para levantarse.

Antes de irse a su habitación, le recordó a Viernes que la cocina era un lugar para cocinar uno mismo: "Puede levantarse cuando le apetezca. El café y los panecillos están en la encimera. No prometo cuándo me levantaré yo. Los cobertizos y el edificio están abiertos si quiere explorar".

Viernes preparó su cama, eligiendo la tercera habitación, para convertirla en su alojamiento durante el próximo mes. Decidió mentalmente lo que sacaría y cómo lo arreglaría a su gusto mientras se preparaba para irse a la cama.

En cuanto su cabeza tocó la almohada, se quedó dormido.

Eran poco después de las tres de la madrugada cuando se despertó al oír música de flauta. Abrió los ojos un momento, buscando si había una radio en la habitación que pudiera haber pasado por alto.

No había radio.

Olivia, decidió, debía estar escuchando una cinta. Se dio la vuelta y volvió a dormirse.

□□□□□

Los pájaros cantaban en el exterior y el sol que inundaba de luz la habitación incitó a Viernes a levantarse y comenzar el nuevo día. Estaba ansioso por ver toda la basura y los tesoros que Olivia había acumulado a lo largo de los años. ¿Encontraría algún tesoro?

Se sentía como un niño la mañana de Navidad. Esto iba a ser divertido. Después de bañarse, se puso unos pantalones cortos color caqui y un polo.

La casa estaba en silencio cuando entró en la cocina y encendió la cafetera. Untó con mantequilla un panecillo de fruta y salvado y sacó la taza y el panecillo al patio.

Los gorriones y los pájaros rojos se peleaban por el comedero, agitando las alas, empujándose unos a otros desde las perchas curvas.

Se dispersaron cuando Viernes acercó una silla.

En un roble cercano, dos ardillas lo ignoraron mientras correteaban de rama en rama, jugando a 'atrápame si puedes'.

Mientras las observaba, Viernes dio un suspiro de satisfacción. 'Qué día tan hermoso y tranquilo'.

Terminó de desayunar y se dirigió al edificio metálico. Levantó el picaporte de la puerta y dio un paso atrás, imaginando montones de trastos.

Se sintió aliviado al ver que las cajas estaban ordenadas a los lados. En el centro del suelo de madera había un surtido de muebles, algunos de los cuales parecían estar en buen estado. Podría intentar vender algo de esto y lo que no se vendiera podría llevarlo a una tienda de Segunda mano.

Sacó su cuaderno para hacer una lista de cosas que discutir con Olivia para que ella pudiera tomar la decisión final sobre qué descartar o conservar.

En las cinco primeras cajas que abrió había libros, libros y más libros. La mayoría eran libros de bolsillo, suficientes para crear una biblioteca. Encima de una pila de cajas había una computadora y una impresora que probablemente necesitaban reparación. Se disponía a retirarlas cuando oyó llegar un coche. Salió del edificio para investigar.

"Buenos días, soy Paul, el amigo de Olivia", gritó por la ventanilla de la camioneta un hombre regordete con gafas de pasta.

Viernes se acercó al coche para saludarlo.

"Olivia me comentó que podría pasar por aquí para echarme una mano. Acabo de empezar y, como puede ver, debe de haber casi cien cajas. Hasta ahora, todas las que he abierto contienen libros".

"¿Se fijó en las fechas escritas encima de cada caja?", preguntó Paul. "Esas cajas contienen registros en papel de cada ciclo que ella enseñó. Es una sentimental y el trabajo de sus alumnos es muy importante, sobre todo si escribieron ensayos prometedores", explicó Paul.

"Sentémonos en el patio y nos prepararé una taza de café hasta que Olivia se nos una", sugirió Viernes.

Mientras se sentaban y bebían su café, Viernes dijo: "Olivia me ha dicho que usted es piloto de avión y que toca el piano en su banda".

"Así es. Conozco a Olivia desde hace diez años. Mi hija fue una de sus alumnas. Ella y mi mujer, ahora mi ex, eran buenas amigas. Pero eso es pasado. Mi mujer y mi hija viven ahora en España. Hace dos años, mi hija pasó un año de intercambio en España y mi mujer fue a visitarla durante un mes. Allí, mi ex conoció a su alma gemela y el resto es historia. Hasta la fecha, no he encontrado a mi alma gemela, y sigo buscándola". Paul sonrió mientras esperaba la reacción de Viernes.

Antes de que Viernes pudiera responder, Olivia asomó la cabeza por la puerta del patio y se unió a ellos.

"Veo que ya conoció a nuestro músico Jerry Lee Lewis", dijo Olivia con picardía. "Cuando oiga a Paul tocar el piano mañana por la noche, verá de lo que hablo".

Dirigiéndose a Paul, le preguntó: "Te unirás a nosotros, ¿verdad? Nunca puedo seguir tu agenda".

"Aquí estaré. Y allí estaré para unirme al grupo en ese almuerzo para recién llegados que Trish nos reservó".

Después de escuchar la conversación entre Paul y Olivia, Viernes empezó a estudiarlos de la forma en que Ray y Faye le enseñaron a observar, a conocerlos de verdad.

A su juicio, Paul era tan estable emocionalmente como el Peñón de Gibraltar y tan despreocupado como un Golden Retriever con Valium, lo que probablemente explicaba por qué Olivia se limitaba a sonreírle mientras él parloteaba.

Parecía reacia a tomárselo en serio. Para Viernes era obvio que Paul sentía algo más por Olivia que una simple amistad. Paul era definitivamente un C-C-C, Chico Cool Cariñoso y Olivia era una T-F, Tutti-Fruti. Desde que descubrió el secreto de Ray Skylark, Viernes solía utilizar iniciales para etiquetar a la gente. De momento, era su broma privada.

De la vida rutinaria y aburrida de un contable al estadio lleno de gente que chasquea, cruje y estalla, se lo estaba pasando como nunca.

Eran más de las 10 de la mañana cuando Viernes se levantó y anunció: "A trabajar, a trabajar".

Durante el resto del día, clasificaron las cajas para la pila de lo quemado y lo que iría a la tienda de segunda mano. Viernes se sorprendió cuando Olivia miró brevemente las fechas de las cajas, ordenó el contenido y declaró: "Esto se puede ir".

Viernes sabía que debía de ser una profesora muy popular y querida. Muchas de las cajas contenían regalos de sus alumnos. Regalos de ese tipo, tazas, estatuas en miniatura... todos fueron apartados y se donarían a la tienda de segunda mano para ser reciclados.

Olivia dio por terminado el día pasadas las seis de la tarde. Antes de marcharse, Paul sugirió que se reunieran en un pub alemán a las ocho. "Comeremos, beberemos y nos divertiremos", dijo mientras se iba a su coche.

Hacía mucho tiempo que Viernes no disfrutaba tanto como aquella noche. Paul reunió a los miembros de la pandilla para que se unieran al trío.

Viernes se enteró que Trish, Frieda, Betsy, Tom y Don eran profesores.

Betsy le leyó la mano; Frieda y Trish sumaron sus números de nacimiento para hacer numerología y le dijeron que su trayectoria vital era un cinco, el número del Aventurero.

Betsy también era astróloga. "Sólo un pasatiempo", le dijo.

Todo lo que Viernes sabía sobre el tema era lo que leía en el periódico Daily Globe. De vez en cuando lo leía, no es que creyera en ninguno de esos pronósticos diarios generalizados, pero a veces la cosa era interesante.

Nacido el 29 de mayo, era géminis, y se enteró que Olivia también lo era. Él no podía identificarse personalmente con las características que tenían en común los Géminis.

"Viernes, no me extraña que sea usted un gran ayudante. Su Mercurio está en Virgo", declaró Betsy.

"¿Qué tal un florecimiento tardío?", añadió Trish en tono de broma. Trish era definitivamente una S-T-S, Seria-Tonta-Sermoneadora.

Un tema con el que Viernes no estaba demasiado familiarizado era el Horóscopo Chino. Sabía por los manteles individuales de papel de los restaurantes chinos que era una Rata.

"¡Dios mío! Tenemos dos Super Ratas entre nosotros", gritó Frieda.

"¿Cómo llegó a esa conclusión?", preguntó Viernes.

"Es su signo solar y animal combinados", explicó Frieda. "Significa que tanto usted como Olivia van siempre un paso por delante de la manada. No me puedo creer que Olivia y usted sean Ratas Géminis de Oro".

Viernes se enteró que Olivia era doce años mayor que él y que, al ser un cinco, Aventurero de Vida; su destino era viajar mucho. También indicaba que tenía una vívida imaginación y que destacaría como escritor. De hecho, en su ciclo de la cosecha, a partir de los cincuenta y seis años, empezaría a escribir a tiempo completo.

No compartió su 'trastorno compulsivo' de hacer listas y tomar notas de todo lo que observaba, oía o experimentaba. Quizá pudiera contarlo más adelante. Pero escribir y ser un autor publicado, no podía tragarselo. Tomar notas y hacer listas no lo convirtió en un autor como Brown, Grisham, Clancy o Koontz.

Ellos eran reconocidos por su talento por los principales periódicos y vendían millones de libros. Sus compañeros se burlaban de él. Como T-N, Tomador de Notas. Él decidió que O-P, Observador de Personas, era su personaje.

Esa noche, Viernes aprendió mucho más sobre sí mismo. Ahora no sólo era un T-N y un O-P, sino que también era más consciente de lo oculto. Se preguntó: ¿dónde he estado todos estos años y no me he dado cuenta? ¿O es que mi interés ha aumentado por la gente con la que estoy entrando en contacto ahora?

Quizás sí que se había perdido momentos importantes de su vida. Olivia se había referido a una cita de Helen Keller varias veces desde que se conocieron y volvió a repetirla ahora: "La vida o es una aventura audaz o no es nada".

Se sorprendió cuando Paul aportó su granito de arena. "Lo que Olivia intenta decirle es que haga del resto de su vida lo mejor de su vida. A mí también me lo dice todo el tiempo". Paul sonrió y añadió: "Suena como un momento distintivo ¿verdad?".

Mientras Viernes reflexionaba sobre los comentarios de Olivia y Paul, se preguntaba si estaba siendo tonto o cínico. No estaba seguro. Esa noche, antes de irse a dormir, se sintió reconfortado por la más increíble sensación de pertenencia.

Tuvo la abrumadora sensación de que algo de importancia monumental estaba a punto de sucederle. Sintió escalofríos que le recorrían la espalda.

Eran las tres de la madrugada cuando Viernes se despertó con las notas suaves de una flauta que recorría suavemente la habitación. Hechizado por la encantadora música, sintió que no estaba solo. Entonces abrió los ojos y vio a un hombrecillo de barba blanca vestido con una túnica blanca a los pies de su cama.

"¿Quién es usted?" preguntó Viernes, un poco alarmado.

"Soy miembro de la Hermandad Blanca".

"¿Por qué está aquí?"

"Para recordarle por qué vino al planeta Tierra en un cuerpo físico".

"Lo siento. Estoy confundido. ¿Olivia me está jugando una broma?".

"Olivia nunca haría algo así. Soy su guía. Algunos se refieren a mí como un ángel, otros como un mensajero."

"En el pasado, me he contactado con usted en un estado de sueño. Periódicamente, aparezco para comprobar sus progresos. La mayoría de los mortales no son capaces de ver en la dimensión espiritual en la que resido. Pero, a medida que continúe el proceso evolutivo en el planeta Tierra, más mortales serán capaces de ver en otras dimensiones."

"Tenga la seguridad de que no está alucinando ni soñando. Ahora estoy aquí con usted. Nunca impondría mis conceptos para las decisiones a las que se enfrenta. Siempre tendrá libre albedrío para tomar sus propias decisiones y cometer sus propios errores", explicó pacientemente el anciano.

"Esta noche, sus nuevos amigos le han dado mucho en qué pensar. No es casualidad que ahora esté entre ellos, aunque en este momento no lo recuerde, han estado juntos muchas veces en el pasado. Estoy aquí para iluminarlo."

"Cuando uno se siente inquieto e insatisfecho con su situación actual, es el momento de aventurarse, como ha hecho usted al aceptar esta oportunidad de conocer a unos completos desconocidos y ayudarles a hacer más agradables sus responsabilidades, una sabia decisión, debo añadir". Hizo una pausa y añadió: "Está a punto de comenzar un importante proceso de intensificación de su misión".

"¿Cómo sabré cuál es mi misión y si la estoy siguiendo? ¿Mi razón de ser?" quiso saber Viernes.

"Por eso estoy aquí, para hacerle saber que va por buen camino. Nunca se abandona a nadie; siempre hay guías que vienen periódicamente a observar sus progresos. Además, hay una conformación definitiva que experimenta cuando lo que ve, o escucha, es verdad. Siente escalofríos que le recorren la espalda. ¿Ha tenido alguna vez esa sensación?".

"Pues sí, muchas veces, pero no era consciente de que tuviera algún significado".

"Ahora ya lo sabe. En el futuro, podrá consolarse sabiendo que está cumpliendo su misión".

Viernes se quedó atónito. ¿Era un sueño o había realmente un hombre en la habitación con él? Sentía que estaba despierto mientras mantenía esta conversación. Las respuestas tenían sentido.

"¿Podré volver a verlo y comunicarnos como lo hacemos ahora?". El anciano sonrió y respondió: "Estoy en servicio veinticuatro, siete. Yo también estoy aprendiendo algo estando cerca de la generación más joven".

"Nunca está solo. Si no estoy yo, estará otro. Hay otra forma de la que debería ser consciente. Cuando esté en una reunión social o muchas veces manteniendo una conversación cara a cara, mire a los ojos de esa persona. Los ojos son los espejos del alma. Cuando vea una transformación en sus rasgos faciales, esto será indicativo de que están respondiendo a partir de experiencias pasadas o de que alguien está utilizando su cuerpo temporalmente para transmitir elecciones que quizás desee considerar."

"Ha tenido numerosas oportunidades de presenciar esto. El tiempo pasado con Speller, los Skylarks, Buck, y ahora Olivia, Trish y todos los que ha conocido en el pasado. Y a partir de hoy, las personas que conozca estarán ahí para sus experiencias de aprendizaje".

"¿Qué se supone que debo aprender de todo esto? Confieso que todo esto es nuevo para mí". El interés de Viernes aumentó mientras hablaba con el anciano.

"Está aquí para ayudar a hacer de este planeta un lugar mejor para los que vengan después. Hay otros sistemas estelares, planetas y galaxias con vida que una mente finita no puede comprender en este momento. El planeta Tierra es un aula para aprender, experimentar y superar. Podría considerarlo un lugar para el plan "crecer a medida que se avanza" hacia una mayor conciencia espiritual y para descubrir quién es realmente. Un ser espiritual en un cuerpo físico".

Con esta explicación, el anciano se desvaneció.

Viernes se sentó en la cama y echó un vistazo a la habitación. El reloj de cabecera marcaba las 3:15 a.m. Viernes esperó, se acostó, se dio la vuelta y se volvió a dormirse.

El sol y el sonido de los pájaros despertaron a Viernes poco después de las siete. Antes de bajar, decidió explorar el nido del tercer piso.

La puerta no estaba cerrada. Al entrar en la habitación acristalada de ocho por diez, la pintoresca escena de trescientos sesenta grados de las copas de los árboles, los exuberantes campos verdes de trébol y el Lago de Cristal le produjo una sensación de tal belleza que se sintió sobrecogido. La habitación estaba escasamente amueblada, con sólo una mecedora de arce de gran tamaño y una mesita al lado con una flauta encima. En el suelo de madera había una alfombra redonda trenzada de color azul.

Olivia le había contado que su abuelo tocaba la flauta, pero ¿por qué seguía aquí? Dijo que había muerto hace años.

Se sentó en la mecedora y estuvo momentáneamente tentado de tocar la flauta mientras la examinaba cuando ocurrió algo ajeno al Viernes lógico y realista. Le pareció oír a alguien decir: "Sólo los humanos, maldecidos con el conocimiento de su propia mortalidad y la de sus seres queridos, están verdaderamente solos; cada uno atrapado en una torre de marfil de cráneo y hueso que se asoma por las ventanas del alma".

Viernes se giró para ver si el visitante de la noche anterior estaba allí.

No había nadie.

De repente, le llamó la atención un arrendajo azul posado en el estante de la ventana frente a él. Era grande y pulido y tenía un aspecto muy remoto.

No había más pájaros en la zona.

Un sentimiento de alegría invadió a Viernes. El pájaro se quedó inmóvil, mirándolo. De repente, se giró, mostrando las barras negras de sus alas y cola.

Mientras observaba, Viernes pensó que, de algún modo, acababa de aprender a ver. Nunca había visto nada con tanta claridad, y no era simplemente porque el arrendajo estuviera apostado donde estaba, lo bastante cerca para que él pudiera fijarse en los detalles y el vibrante color. Parecía que veía las cosas bajo una luz diferente.

Lo invadió una sensación que las palabras no podrían describir y lágrimas de gratitud corrieron por sus mejillas.

¿Qué acababa de ocurrir?

Se secó las lágrimas. Una vez más, experimentó una paz y una satisfacción dichosas. No me extraña que el abuelo de Olivia pasara tanto tiempo en el nido.

¿Qué le estaba pasando?, se preguntó Viernes mientras se aclaraba la garganta y se levantaba, listo para desayunar.

Olivia estaba preparando café cuando Viernes entró en la cocina. "Espero que le gusten las tortillas españolas", dijo a modo de saludo.

Sacaron los platos al patio y, después de comer, se sentaron a saborear su café, entrando y saliendo de una conversación perezosa.

De repente, Viernes ya no pudo contener su curiosidad por el nido. Quería saber más sobre su abuelo. Le contó lo que había experimentado mientras estaba sentado en la mecedora al ver al pájaro con tanta claridad.

"Por un momento, sentí que me convertía en el pájaro", dijo.

No le habló del visitante de las tres de la madrugada. Tenía que pensárselo más seriamente antes de hablar de ello con alguien.

"Tuvo una epifanía", dijo Olivia en tono serio. No se molestó en dar más detalles, sino que empezó a hablarle a Viernes de su hijo Rick. Le contó que el nido era uno de sus lugares favoritos para esconderse mientras crecía y que él también tocaba la flauta, además de la guitarra.

"Y estoy segura de que tuvo varias epifanías. El nido parece ayudarnos a conectar con el nivel de nuestra alma", explicó. "Rick compuso música para su banda mientras estaba en el instituto. Sé que la flauta sigue sobre la mesa esperando a que vuelva a casa para una de sus escasas visitas y a que se marche bruscamente cuando se inquiete."

"En cuanto a que oye una flauta, le creo porque yo también la oigo. Se puede explicar de dos maneras. Una forma es que usted y yo tengamos una imaginación vívida basada en el hecho de que sé que a mi abuelo le gustaba tocarla y le dije que él tocaba la flauta".

"La segunda explicación, aunque definitivamente no es lógica, sería que mi abuelo hiciera frecuentes visitas a su nido para recordarnos que todavía está por aquí. Entonces, ¿tiene otra explicación?", preguntó, evaluando a Viernes antes de seguir hablando de cuestiones metafísicas.

Durante unos instantes se hizo un silencio incómodo.

Finalmente, Viernes rompió el silencio. "Escuchar música que no proviene de una radio y llega en mitad de la noche es espeluznante".

Olivia se alegró de no haber continuado la conversación sobre ese tema. Como no sólo podía oír música, sino que podía ver espíritus, podía comunicarse con ellos y muchas veces leer la mente de las personas y contarles cosas que veía en sus futuros.

Tal vez cuando lo conociera mejor, le contaría a Viernes más sobre sus experiencias que definitivamente no eran de esta dimensión.

Espeluznante, dijo. Eso es suave. Lo que ella podría contarle podría asustarlo mucho. Ella sabía que él no estaba preparado para más. No quería que la conocieran como vidente y que él se sintiera incómodo. Además, los videntes no son omniscientes, como hacen creer algunas películas.

Cambiando de tema, empezaron a discutir los planes para una venta de garage de tres días para deshacerse de los muebles aún utilizables. Hoy viernes empezarían a quemar las cajas y el contenido del edificio metálico.

Pasaron todo el día clasificando. Habían separado lo que venderían y lo que quemarían. Después de una breve pausa para cenar, Viernes hizo un hoyo y encendió un pequeño fuego. Invitó a Olivia a empezar a arrojar cosas a las llamas, que en poco tiempo se convirtieron en una hoguera. Olivia disfrutó con el ritual de ofrecer sus viejos papeles al fuego como una metáfora de la liberación de su pasado y de seguir adelante. El alivio que sintió al desprenderse de todo le produjo una sensación de ligereza contagiosa y, al final de la noche, tanto ella como Viernes estaban muy animados.

El día siguiente lo pasaron bajando objetos del piso de arriba para añadirlos a la venta y buscando más objetos inútiles que quemar.

Viernes se sintió cómodo haciendo una lista de los objetos y recibiendo las sugerencias de Olivia sobre cómo deshacerse de ellos. Ella dejó a Viernes prácticamente solo, ya que pasó la mayor parte del día en su despacho escribiendo.

Decía en serio que cocinaba poco. Siempre pedía comida para llevar. El almuerzo solía consistir en fruta, barritas energéticas y jugo. Y gracias a Dios por el siempre presente bol de palomitas.

La primera semana transcurrió sin contratiempos y se hicieron muchas cosas.

Paul vino a tomar café varias veces por la tarde.

El siguiente proyecto de Viernes serían los dos pequeños cobertizos de almacenamiento. Olivia le contó que en ellos había marcos, lienzos, material de pintura y algunas de las obras de sus alumnos y amigos.

"Va a ser difícil decidir qué conservar", le dijo. Su abuela había muerto hacía apenas diez meses y Olivia había guardado algunas de sus cosas en el cobertizo para ordenarlas más tarde, pero no se había atrevido a hacerlo hasta ahora.

Aquella tarde, sentados en el patio, Olivia compartió con Viernes sus objetivos y planes. Le dijo que, cuando se jubilara de la enseñanza pública, quería utilizar el edificio metálico como estudio de arte y escritura, un lugar donde enseñar y animar a los niños superdotados.

Hacía trabajo voluntario en una de las reservas indias durante un mes cada verano y vio la necesidad de hacer algo para ayudarles.

"Incluso me imagino el construir un dormitorio, nada lujosa, sólo un lugar para que los estudiantes se alojen durante un mes en verano. Ya hice los cálculos y para este proyecto necesitaré al menos doscientos mil dólares. No será tan lujoso, pero el trabajo será igual de importante".

"Se me pone la piel de gallina sólo de pensarlo. No será difícil encontrar jóvenes prometedores que muestren talento para el arte y la escritura. Para empezar, será un campamento artístico de verano. Quién sabe, puede convertirse en un proyecto para todo el año".

Pensativa, miró hacia la oscuridad y suspiró.

"Parece que lleva tiempo pensándolo seriamente", dijo Viernes.

"Si está destinado a ser, el dinero llegará y podré llevar a cabo mis planes. De momento, he ahorrado una cuarta parte de lo que costará. Pero confío en que se hará realidad", le dijo.

Viernes quedó impresionado por su actitud positiva y su confianza. Recordó el primer día que empezó a limpiar el edificio metálico.

Cuando él anunció: "A trabajar, a trabajar", ella sonrió y dijo: "Siempre que me enfrento a una situación que requiere sudor, esfuerzo y dolor, lo veo como una oportunidad para una beneficiosa terapia física. Además, no me vendría mal hacer más ejercicio".

Viernes se descubrió a sí mismo saboreando sus logros. Tal vez porque Olivia no dejaba de felicitarlo por sus dotes organizativos y de decirle lo impresionada que estaba por todo lo que había hecho en tan poco tiempo. Mañana, ella se iría a una reunión fuera de la ciudad.

Hacía buen tiempo y las primeras horas de la mañana eran especialmente agradables mientras él ordenaba los materiales de arte que estaban alineados en las estanterías del cobertizo. La humedad y los ratones habían destruido la mayoría de los lienzos. Había muchos botes de pintura seca y viejos marcos demasiado podridos para conservarlos.

Había poco que salvar, salvo un cuadro que había sido cubierto con una manta. Debía de estar guardado desde hacía poco, porque estaba en buen estado.

Viernes se quedó admirando y estudiando el retrato de un hombre de barba blanca que señalaba un libro abierto mientras un niño lo miraba por encima del hombro.

Buscó la firma del artista en el cuadro, pero no encontró ninguna. Le dio la vuelta y lo examinó más de cerca. Seguramente, alguien con tanto talento firmaría con su nombre. Cuando volviera, le preguntaría a Olivia qué sabía del cuadro.

Pero Olivia no fue de mucha ayuda. Lo único que recordaba era que se lo había dejado una prima lejana de su abuela en su testamento. Se lo enviaron por correo desde Italia poco antes de su muerte.

"Recuerdo que cuando llegó buscamos un lugar adecuado para colgarlo. Estaba apoyado en la pared del salón y la abuela murió antes de que pudiéramos colgarlo. Lo puse en el cobertizo para que no estorbara hasta más tarde. Supongo que olvidé que estaba allí", explicó Olivia.

"Creo que aquí tiene una obra maestra. El único problema es que no encuentro la firma del artista. ¿Le importa que investigue un poco? Conozco a la persona que podría ayudar", dijo Viernes.

"Puede intentarlo, pero ¿quién lo sabría si no hay firma?", preguntó ella.

"La esposa de mi antiguo socio, Amanda, es profesora de arte. Ha hecho numerosos viajes al extranjero. Me atrevo a decir, por nuestras conversaciones, que ha visitado todas las galerías de arte de Europa. Estoy seguro de que será de gran ayuda. La llamaré".

Amanda se alegró de tener noticias de Viernes. Le encantaría poder ayudarle de alguna manera. Le sugirió que le enviara por correo electrónico una foto del lienzo.

Cuando él le dijo que no había firma, ella le informó que algunos artistas escondían sus firmas en sus obras. Era popular entre algunos pintores del siglo XVII, sobre todo italianos. "Puede que hayas descubierto un cuadro raro", se rió.

Cuando Viernes transmitió lo que había dicho Amanda, Olivia chilló, estallando en una repentina carcajada. Luego se dispuso a llevarle la foto a Amanda.

Aquella noche se durmió poco en la casa. Olivia estaba como una niña anticipando su primer viaje a Disneylandia.

La noticia llegó por teléfono a la mañana siguiente, durante el desayuno. Olivia contestó al teléfono y se lo pasó a Viernes.

"Creo que tu amiga es la propietaria de un cuadro de un artista francés". Sugirió ponerlo en Internet con una puja inicial de 5,000 dólares, lo que Olivia hizo ese mismo día.

La subasta desató rápidamente una tormenta de pujas entre amantes del arte francés y estadounidense y galerías de todo el país. Finalmente, un coleccionista de arte privado ganó con una puja final de ¡710,429 dólares! Olivia y Viernes vieron atónitos cómo llegaban las pujas a la computadora de la casa.

Los expertos relacionaron la obra con un antiguo maestro llamado Pier Francesco Mola.

Antes de que el comprador enviara a uno de sus empleados a recoger el cuadro en persona, Viernes y Olivia siguieron buscando el lugar donde el artista podría haber firmado con su nombre.

Olivia lo descubrió al darle la vuelta al cuadro. Era tan obvio desde esa perspectiva. Estaba firmado en la barba del anciano.

"Insisto en que acepte este cheque como pago por haber hecho posible todo esto", le exigió Olivia el día que Viernes se marchó al acabar su mes. "No aceptaré un no por respuesta", declaró.

"Usted gana", cedió finalmente Viernes mientras tomaba el cheque que ella le ofrecía. Firmó en el reverso, se lo devolvió y dijo: "Quiero hacer una donación que se destinará a becas para estudiantes que necesiten ayuda financiera".

Viernes resumió su experiencia con sus propias palabras antes de escribir su informe.

"Puedo resumir la experiencia de mi mes en siete palabras: aprendí a vivir, no sólo a existir".

"Como Speller insiste en que le dé más detalles, me extenderé. Después de la segunda semana, Olivia y yo entablamos una estrecha relación, parecida a la de una hermana mayor con su hermano pequeño. Me explicó su investigación personal en curso sobre la autoconciencia. Su palabra favorita es 'discernir'. Todo lo que me contó sobre sus experiencias personales sonaba más a ciencia ficción y estaré discerniendo durante mucho tiempo".

"Todo es posible, pero la única forma de aceptar algo es experimentarlo por uno mismo. No intentes demostrar nada; deja que se lo demuestren a sí mismos. Esta es otra sugerencia para reflexionar que pienso poner en práctica".

"No todo fue trabajo, ¡ay!, quiero decir fisioterapia para mí durante mi estancia de un mes. Trish, Paul, Olivia y yo fuimos a Dakota del Sur a ver las Colinas Negras y el Monte Rushmore".

"Los miembros de la banda me convencieron para que tocara la batería durante las dos sesiones que tuvieron mientras estuve allí. No volví a oír tocar la flauta después de la primera noche. Cuando le conté a Olivia mi experiencia con el pájaro azul del nido, se limitó a sonreír y me dijo: 'Vamos, admitálo, tuvo una epifanía. No es una amenaza para las monjas y los curas. Ellos experimentan epifanías muy a menudo'".

"Sí, pasé mucho tiempo en el nido. El pájaro azul nunca regresó, ni vi al hombre que decía ser mi guía. Me senté y leí los libros de los que Olivia era autora".

"Y una cosa más que debo compartir. Olivia no cree en accidentes, casualidades, suerte o coincidencias. 'Usted lo crea con su pensamiento', me explicó".

"Ahora lo creo".

TRISH

Mientras Viernes se dirigía al complejo de oficinas donde Speller lo esperaba, se planteó si contarle o no a Speller sus planes de regresar a Dakota del Norte una vez finalizada su misión.

Tenía la certeza de que volvería a ver a aquel grupo tan unido y quería mantener la relación, sobre todo con Trish.

Pensó en el día en que conoció a Trish. Pasó a dejar un libro que le había prestado Olivia. Cuando entró por la puerta y vio a Viernes por primera vez, le saludó bromeando.

"Olivia no me ha dicho lo trozo que estás".

"Sí, ese soy yo, un mango petacón".

"Cuida tus modales, chica; no creo que esté acostumbrado a nuestros sentido del humor fuera de lo común". Los ojos de Olivia se volvieron abiertamente divertidos mientras seguía expresando su consejo. "Dale tiempo para que descubra que eres un arco iris de sabores frutales".

Trish miró a Viernes y esbozó una sonrisa perfecta. Sus miradas se detuvieron un segundo y Viernes, al mirar hacia abajo, se dio cuenta de que no llevaba anillo de bodas en el dedo.

Era alta y demasiado delgada. Tenía el pelo rojo oscuro, corto y elegante por encima de las orejas. Sus ojos eran marrones claros, muy grandes y redondos, y resultaba bastante agradable mirarlos durante un segundo o dos.

Era realmente atractiva.

Olivia y Trish eran probablemente dos de las personas más extravagantes que había conocido. Eran buenas amigas a pesar de sus diferencias. Ambas eran artistas, no por elección o inclinación, sino por obligación.

Olivia pintaba con palabras; Trish pintaba con pintura y abordaban sus diferentes artes con idéntico nivel de exigencia, compromiso y artesanía.

Una noche, durante su estancia en Dakota del Norte, Olivia anunció que irían a la biblioteca para asistir a la exposición de uno de los murales que Trish acababa de terminar.

"Tiene que venir con nosotros", insistió Olivia, "ella estará encantada".

Resultó ser todo un acontecimiento. El alcalde, el consejo municipal y una sala llena de dignatarios del mundo de los negocios, junto con todo el personal docente donde Trish impartía clases, estaban presentes para la ocasión.

Viernes se enteró que Trish había pintado varios murales en edificios públicos de la ciudad y los pueblos de alrededor. Estaba impresionado por su talento y deseoso de ver más obras suyas.

Trish sonrió cuando vio a Viernes con Olivia. Se sintió complacida y sorprendida cuando él se le acercó y le preguntó si podía mostrarle los lugares donde se exhibían sus otras obras.

Mientras Trish y Viernes hablaban, Olivia se acercó, seguida de dos mujeres, al lugar donde se encontraban.

"Viernes, quiero presentarle a la madre de Trish, Myra, y a su tía, Martha. Tienen un pub alemán en las afueras de la ciudad. No se irá de Round Rock hasta que pruebe su auténtica cocina alemana, especialmente su Halupki, para morirse", dijo riendo.

"¿Y qué es el Halupki?", preguntó Viernes.

"Es col rellena horneada con salsa de tomate y cerveza", explicó Martha.

"¿Y qué tal tu crujiente pan de masa madre con queso fundido?". animó Olivia. "Te juro que puedo engordar sólo de pensarlo".

Viernes aprendió mucho sobre Trish aquella noche en el camino de vuelta a casa después de que salieran de la biblioteca.

Trish se había casado. Su hijo y su marido murieron en un accidente de moto dos años antes. Para Trish fue un golpe devastador recuperarse.

"Trish y su familia eran muy unidos", explica Olivia.

La segunda semana de la estancia de Viernes, Trish vino a recogerlo y lo llevó a cenar al Pub por la invitación de la tía de Trish, Martha. Olivia también estaba invitada, pero declinó la invitación alegando que tenía que cumplir un plazo de entrega de un capítulo. En realidad, quería darle a Trish la oportunidad de conocer mejor a Viernes.

Se había dado cuenta de cómo Viernes miraba a Trish la primera vez que se conocieron y siempre que estaba cerca.

Olivia era más que consciente de que Trish echaba de menos la atención de un hombre y quería que conociera mejor a Viernes. Sin ser demasiado obvia, invitaba a Trish más a menudo a tomar café con ella o a cualquier excusa que se le ocurriera.

Luego, se excusaba y dejaba que los dos pasaran tiempo juntos.

Viernes deseaba ver a Trish y pasar tiempo a solas con ella. Eso no hacía más que acentuar lo preparado que estaba para el cambio. Le gustaba tener a alguien cuyos pasos coincidieran con los suyos, una persona a la que quisiera ver entrar por la puerta.

Descubrió, para su sorpresa, que estaba cansado de estar solo, si no es que en soledad.

Lo que había entre Trish y él era gravitatorio.

Un fin de semana, los cuatro, Paul, Olivia, Trish y Viernes, fueron a repasar todos los cuadros que Trish había pintado en los últimos diez años.

Viernes tomó fotos de cada una de sus obras e insistió en que posara junto a ellas. Por alguna razón, estaba muy orgulloso de ella y quería compartir su trabajo con Speller y su madre.

¡Qué raro!, pensó.

"Es sólo un pasatiempo que me gusta hacer. Enseñar es mi primer amor", explicó Trish cuando Viernes la felicitó por su talento.

Y antes de marcharse a casa, Viernes prometió aprender más sobre las almas gemelas, si es que existían. Quizá por eso se sentía tan atraído por Trish.

THOMAS BRADEN
SIN COINCIDENCIAS

Speller estaba de muy buen humor cuando Beth anunció la llegada de Viernes.

Se levantó de detrás de su escritorio y condujo a Viernes a la zona social del despacho, donde un sofá de cuero con dos sillas rodeaba una mesa de café.

"Siéntate, muchacho. Tenemos que celebrarlo. Estoy tan satisfecho con lo que has informado que cada día estoy más entusiasmado". Le dio una palmada en el hombro a Viernes.

Una vez sentados, Speller sirvió dos tazas de té de jazmín de una tetera oriental que había sobre la mesa, junto con un surtido de aperitivos. Era una celebración y una ocasión para conocerse mejor.

"Sé por tus informes que tuviste algunos retos difíciles, así como algunas experiencias especiales y gratificantes. Las descripciones detalladas de tus relatos son excelentes. Es usted un escritor con talento", proclamó Speller, con los ojos brillantes de emoción. "¿Has pensado en convertirte en un escritor serio?". Tomó una pequeña galleta con queso y se la metió en la boca, saboreándola mientras miraba a Viernes.

Viernes se echó a reír cuando empezó a hablarle de su trastorno compulsivo para hacer listas y tomar notas. Continuó diciendo cómo empezó a llevar un cuaderno a todas partes, imitando a su padrastro, que era detective y estaba obsesionado con los detalles.

"Esa ha sido la extensión de mi escritura", explicó. "Nunca he pensado seriamente en la escritura como profesión".

"Deberías", le animó Speller, y a continuación se lanzó a recordar su vida pasada. "Recuerdo que de joven tenía el deseo de saber más sobre todo. De hecho, al crecer en un orfanato, las monjas me llamaban Shakespeare; los otros niños me llamaban ratón de biblioteca. Leía todo lo que veía impreso, incluso las cajas de cereales, el catálogo de la tienda Sears o los anuncios que me guardaban los vecinos a los que hacía mandados".

"La gente pensaba que era poco habitual que un niño de mi edad estuviera tan interesado en leer cualquier cosa que pudiera encontrar. Supongo que tenía unos diez años cuando las monjas me permitieron ayudar a los ancianos que eran miembros de la iglesia asociada al orfanato. Yo era un hacelotodo de todos los oficios, ayudando a cortar el césped, a hacer mandados... lo que necesitaran". Speller sonrió, recordando la amabilidad y el aliento que recibió de las monjas en su afán de conocimiento.

"¿Se crió en un orfanato?". Viernes parecía sorprendido. "Cuando leí su pasada historia, decía que era hijo de misioneros y que había nacido y crecido en China".

"No creas todo lo que lees. Es cierto que viví con misioneros en China. De hecho, pasé la mayor parte de mi vida en China y los países de alrededor, pero nací y viví en un orfanato en una pequeña ciudad llamada Georgetown, en Ohio. ¿Has oído hablar de ella?".

"¿Oído hablar de ella? Es increíble. Allí es donde nací y donde vivían mis abuelos. Es donde pasaba los veranos de niño", respondió Viernes.

"Bueno, que me condenen. El mundo es muy pequeño, como dice el refrán". Ambos sorbieron su té mientras contemplaban esto. Speller estaba ansioso por saber más del joven que había contratado para trabajar con él.

"Espero no estar entrando en temas demasiado personales, pero me gustaría saber más sobre ti", dijo Speller en tono de disculpa.

"No hay mucho que contar. Nací en Georgetown, Ohio, y fui hijo único. Mi madre tenía diecinueve años cuando nací y nunca conocí a mi padre. Mi madre supuso que se había alistado en la marina después de dejar Ohio. Ella recibió una pequeña estatua de bronce de Quan Yin que él le envió desde China. Nunca volvió a saber de él. No había información sobre él cuando empezó a hacer averiguaciones en el ejército y la marina para obtener sus registros, así que supuso que había muerto".

Speller se quedó hipnotizado mientras Viernes le contaba sus antecedentes. La confirmación que había estado buscando se estaba revelando. El asombro palideció en su rostro.

"¿Y qué hizo tu madre entonces?", preguntó, con la voz quebrada por la emoción.

"Ella y yo vivíamos con sus padres. Terminó la universidad y sigue ejerciendo de abogada. Se casó con mi padrastro cuando yo tenía cinco años y nos mudamos a Cincinnati, donde ella sigue viviendo".

"A mi padrastro le dispararon mientras estaba de servicio hace unos veinte años. Mamá nunca se volvió a casar. Seguimos en contacto por teléfono". Dio un largo sorbo a su té.

"Mi madre está muy interesada en el trabajo que estoy haciendo como Viernes y quiere aprender más. La última vez que hablamos, me dijo que estaría aquí en Houston a finales del mes que viene por negocios. Quizá pueda presentársela. Está leyendo varios de sus libros que le recomendé".

Speller se sentó y escuchó atentamente, exudando una evidente compasión que le abrumó con recuerdos del pasado.

Respiró hondo, entrecortado por varios jadeos irregulares, antes de preguntar: "¿Cuál era el apellido de soltera de su madre?".

"Era Christina Barlow hasta que se casó con mi padrastro. Ahora es Christina Sander. Todavía utiliza ese nombre. Sus amigos la llaman Chris. Le agradecería mucho que la conociera mientras está aquí. Estaría encantada".

El shock del descubrimiento de la información que Speller estaba escuchando le golpeó de lleno. Se quedó sentado un momento; con la mente en blanco, muy conmocionado.

Viernes se había abierto a este hombre y de repente sintió un parentesco con él que nunca había sentido con nadie desde que murió su padrastro. ¿Quizá era el té de jazmín?

"Ahora tengo una pregunta para usted", dijo Viernes. "En los últimos dos meses, la estatua de Quan Yin me ha llamado la atención tres veces. La estatua de Olivia está en su patio. Ella me explicó cómo llegó hasta allí. La de mi madre, que le envió mi padre y la de su patio. ¿La suya tiene un trasfondo interesante o una historia significativa?".

Speller guardó silencio. Hacía tiempo que sospechaba lo que acababan de confirmarle.

El interfono del escritorio de Speller zumbó, devolviéndolo a la realidad. "Debe de ser importante. Será mejor que conteste", dijo Speller mientras se levantaba para responder. "Le dije a Beth que no nos molestara".

Habló rápidamente con Beth y luego se dirigió a Viernes, tendiéndole el teléfono. "Es para ti. Alguien llamada Ann está intentando localizarte".

La expresión de Viernes era seria mientras hablaba con la persona al otro lado. "Tomaré el próximo avión. Iré directamente al hospital. Me alegro mucho de que hayas podido contactar conmigo".

Colgó y se dirigió a Speller. "Era la mejor amiga de mi madre. Mamá tuvo un accidente de coche y es grave. Está en el quirófano mientras hablamos".

"Iré contigo", dijo Speller.

"No será necesario".

"Tonterías, quiero hacerlo, no hace falta parar a buscar nada. Podemos ir directamente al aeropuerto. Le diré a Beth que busque vuelos a Cincinnati y que me llame al celular. Sólo necesito llevarme un borrador en el que estoy trabajando.

Quizá puedas ayudarme", dijo mientras tomaba una carpeta de su escritorio. Viernes estaba estupefacto ante la noticia que acababa de recibir de Ann y agradeció el apoyo de Speller.

Cuando llegaron al aeropuerto, Speller ya tenía la compañía aérea, el número de vuelo y la puerta donde abordarían el avión.

Una vez acomodados en sus asientos, Speller le dijo a Viernes que necesitaba su opinión sobre una historia que había empezado recientemente. "Nos mantendrá ocupados hasta que lleguemos", explicó.

Speller desvió la conversación hacia el libro que estaba escribiendo, titulado El Reencuentro del Primer Amor. "Me gustaría recibir tus ideas, preguntas y opiniones sinceras sobre la historia", dijo.

"No sé cuánta ayuda puedo ofrecer, pero dadas las circunstancias, haré lo que pueda", dijo Viernes.

"Antes de que empieces a leer, será mejor que te explique mi método de escritura. Escribo un esqueleto. No hay diálogos, descripciones de personajes ni desarrollo de escenas. Es un ensayo que necesita mucho relleno para que el lector se identifique con los personajes y el entorno. Muchos lectores están familiarizados con el lugar donde se desarrolla la historia, así que tienes que investigar si no estás familiarizado con el escenario".

"Una buena historia necesita humor, acción, suspenso y drama. Puede ser a la vez entretenida e informativa. Todas mis historias son 'hección': hechos más ficción".

"Cuando termines de leer mi esqueleto, te haré algunas preguntas. Me ayudan a determinar dónde elaborar con más detalles. ¿entiendes?".

Speller había dado a Viernes un curso intensivo sobre la forma en que escribía sus historias. Abrió su carpeta, sacó una copia y se la entregó a Viernes. Vio cómo Viernes empezaba a leer.

□□□□□

Corría el año 1987. El lugar era un pequeño pueblo llamado Marble Falls, Michigan, donde Thomas Braden conoció a su primer amor. Se llamaba Christina Chandler y era hija única de una familia adinerada.

Su padre era juez y un hombre muy respetado. Su madre era muy protectora con su hija y quería lo mejor para ella.

Cuando se enteraron que su hija estaba enamorada de un 'don nadie', le prohibieron que se viera con él.

Christina era una niña testaruda y desobedeció sus deseos. Thomas y Christina se veían en secreto. El primer amor puede ser muy dramático, sobre todo cuando se es restringido y se tienen diecisiete años.

Sus encuentros secretos fueron descubiertos y sus padres decidieron que lo mejor para Christina era enviarla a pasar el resto del verano con una tía que vivía en otro estado.

La relación amorosa entre Christina y Thomas acabó con el embarazo de Christina y el nacimiento de un hijo.

PERSONAJE PRINCIPAL: Thomas Braden se crió en un orfanato católico. A la edad de un año, sus padres murieron en el acto en un accidente de coche. Él sobrevivió al accidente. Todos pensaron que fue un milagro. Salió volando, pero sufrió graves quemaduras en las piernas. El coche explotó y no hubo identificación para informar a sus familiares.

En vano, las autoridades locales siguieron intentando localizar información sobre los padres del niño. Thomas Braden, el nombre que dieron al niño, pasó a estar bajo tutela del estado.

Debido a sus graves quemaduras en las piernas, ninguno de los centros de acogida quiso asumir la responsabilidad de hacerse cargo de él. Fue entonces cuando la hermana Agnes, madre superiora del orfanato católico, lo acogió.

Las seis monjas del orfanato tenían cincuenta y cuatro niños de edades comprendidas entre la infancia y los diecisiete años. Como Thomas necesitaba atención especial y tenía dificultades para caminar, le dedicaron más tiempo.

A los tres años ya sabía leer. A los seis ya leía a los demás niños. Finalmente, empezó a caminar sin ayuda tras numerosos injertos de piel y operaciones.

Uno de los deseos de Thomas era viajar y ver mundo. El verano que terminó la escuela secundaria, se hizo voluntario del Junior Job Team. Era un programa de la iglesia que donaba el tiempo de los chicos para hacer pequeños trabajos para los ancianos de la parroquia.

Además, los chicos eran contratados para pintar y hacer trabajos de jardinería para la gente de la comunidad.

Thomas era muy frugal y ahorró hasta el último céntimo que ganó aquel verano. El día que empezó su nueva vida, tenía 836,29 dólares y recuerdos que atesoraría, pero que también le perseguirían el resto de su vida.

Podía seguir estudiando con una beca en la universidad local, pero tenía otros planes. Había solicitado trabajo en un buque de carga que partiría hacia China en septiembre. Esperaba que le dieran el puesto. Si no, empezaría la universidad y esperaría otra oportunidad.

Consiguió el trabajo.

No tenía ni idea de dónde estaba Christina. Durante el viaje le escribía a diario y le enviaba cartas desde todos los puertos en los que hacía escala. Ella no tenía forma de ponerse en contacto con él porque no tenía dirección, pero la tenía constantemente en su mente.

El buque de carga Saratoga no era un transatlántico de lujo. Los miembros de la tripulación eran unos matones; el capitán empezaba a beber en cuanto salían de puerto y Thomas se mantenía alejado de él todo lo posible.

El buque de carga hizo varias escalas durante el mes que duró el viaje. Thomas podría haber abandonado el barco, pero había firmado un contrato y China era el lugar al que estaba decidido a ir.

Antes de partir, Thomas leyó e investigó mucho sobre China. Una de las historias que leyó fue la de Ruth Gamberg, que escribió sobre sus experiencias como profesora a mediados de los años setenta en China.

"La miseria del pasado ha muerto y los chinos están forjando una nueva sociedad que será habitada por una nueva raza de seres humanos. Algunos estadounidenses admiraban a los comunistas chinos, sobre todo en los años sesenta, cuando parecían estar logrando mediante comunas y pobreza compartida lo que predicaban los radicales estadounidenses".

Thomas no tenía intención de seguir a ningún grupo político; sólo quería estudiar y observar la cultura. La única forma que tenía de conseguirlo, al no conocer a nadie ni tener contactos, era encontrar a uno de los misioneros y empezar allí. Como había sido criado por monjas, ese era el mundo que conocía y con el que se sentía cómodo.

La misión de San Andrés, situada en el distrito portuario de China, fue donde encontró su nuevo hogar. Los misioneros enviados desde Inglaterra para salvar y convertir al pueblo estaban entregados a su trabajo y acogieron a Thomas.

Reconocieron su capacidad para aprender rápido y, en poco tiempo, dominó el idioma. Al cabo de dos años, formaba parte del personal como profesor. Aprendió a amar a la gente y su vocación de servicio.

Cuando llegó a China, le siguió escribiendo a Christina; ahora tenía una dirección donde podía recibir correo.

Cuando estaba en el orfanato de Michigan, tenía un gran amigo, Adam. Le escribió a Adam con la esperanza de que le diera a Cristina un mensaje suyo. Envió la carta al orfanato, suponiendo que Adam aún vivía allí. La carta fue devuelta sin ninguna dirección.

Después de un año sin contacto con Christina, llegó a la conclusión de que no era su destino seguir en contacto con ella.

Como último intento de hacerle saber que aún le importaba y la quería, le envió un pequeño regalo. No puso remitente en el paquete por miedo a que si sus padres veían que era de él, no se lo dieran.

A los veintidós años, Thomas se casó con una china. Trabajaron codo con codo como profesores en la misión. No tuvieron hijos. Durante una revuelta callejera, su esposa recibió un disparo en el fuego cruzado.

Thomas quedó destrozado y, poco después de la tragedia, aceptó la oportunidad de ir a Inglaterra como traductor en una de las compañías comerciales.

En Inglaterra se matriculó en la universidad y pasó los seis años siguientes estudiando todas las asignaturas que se le ofrecían.

Tenía una curiosidad infantil por la vida.

A los treinta y dos años se casó de nuevo, pero por desgracia sólo duró cuatro años. Conoció a gente de todo tipo, pero sus amigos íntimos eran corresponsales de prensa y reporteros estadounidenses.

Gracias a su capacidad para hablar y escribir en seis idiomas, Thomas fue solicitado como asesor por varias embajadas en Inglaterra. Era un auténtico explorador del mundo, demasiado inquieto para quedarse mucho tiempo en un mismo sitio.

Cuando le ofrecieron un puesto en una universidad de Estados Unidos, aceptó. Enseñaba durante el día y escribía su 'hección' por la noche. Deliberadamente no persiguió ni investigó ni intentó localizar a Christina. Supuso que ella se había hecho una vida que no lo incluía a él.

Pero ahora, en sus años de semijubilado, se sentía obligado a encontrarla, no para perturbar su vida y su familia, sino para tener algún tipo de cierre.

Después de que Viernes leyera la historia, se sentó en silencio durante varios segundos, evitando los ojos de Speller. Aún tenía las páginas del manuscrito en la mano y el significado de lo que acababa de leer intentaba encontrar algún sentido.

Por fin encontró la voz y preguntó en voz baja: "¿Desde cuándo lo sabe?".

A Speller también le pareció que el silencio era su amigo. Tras una larga pausa, respiró hondo. "¿Que eres mi hijo? Casi desde el momento en que nos conocimos, Alex".

"Entonces, ¿por qué... por qué no me dijiste nada?".

"Tenía que estar seguro. Cuando te pregunté el apellido de soltera de tu madre, supe la respuesta antes de que me lo dijeras, pero era la confirmación que necesitaba".

"Entonces esto...", Viernes levantó el manuscrito de la mesita del avión, "...¿esta es su autobiografía?".

"Todos los escritores incluyen algo de sus experiencias personales en sus historias. Ya te dije que es 'hección'. Aún queda mucho por investigar". Speller recogió sus papeles, los volvió a guardar en el maletín y miró por la ventana.

Durante un momento, Viernes dejó que sus pensamientos se formaran en silencio en su mente, intentando encontrar las palabras adecuadas para decir. "Recuerdo algo que me fascinó cuando leí su pasada historia y los títulos de los libros de su autoría. Decía que era un hombre muy complicado y que poca gente era capaz de acercarse demasiado a usted. Me parece que es cierto".

Viernes rió, hizo una pausa y continuó: "El primer día que nos conocimos, pensé que sería formal e intimidante, pero se me pasó a medida que hablábamos".

"Me complace oír eso. Ahora tengo una confesión", dijo Speller con un brillo en sus ojos azules. "En cuanto te vi, supe que eras el hombre adecuado para el trabajo, aparte de la creencia de que podrías ser mi hijo. Sabía que eras una persona con la que podía trabajar y creo que hemos formado un gran equipo. También estoy seguro de que tienes el talento necesario para tomar el material que has reunido hasta ahora, como Viernes, y convertirlo en un éxito en ventas. Será tu historia".

Viernes miró fijamente a Speller, tan sorprendido que se quedó sin habla.

"Tengo varios proyectos más que necesito terminar", explicó Speller. "Esta última historia es mi prioridad. Tengo el título y el personaje principal y un archivo lleno de anécdotas para que sea una buena lectura".

"¿Estás seguro de que esta historia no es tu autobiografía?". volvió a preguntar Viernes.

Speller guardó silencio como si buscara una respuesta plausible. En su rostro se dibujó una extraña media sonrisa.

Con pericia, cambió de tema. "Resulta que tengo dos cartas más solicitando los servicios de Viernes. Una es de un niño de doce años que quiere tener un hermano mayor durante un mes. Es bastante conmovedora. ¿Qué te parece?".

Estudió la reacción sorprendida pero complacida de Viernes.

Su conversación se vio interrumpida por el anuncio del capitán, debían abrocharse los cinturones para prepararse para el aterrizaje.

"Podemos tomar un taxi e ir directamente al hospital", dijo Speller, dirigiéndose a Viernes, dándole una palmada en el hombro. "Se pondrá bien".

Cuando llegaron al hospital, Viernes preguntó en recepción por su madre.

"Ha salido del quirófano y está en cuidados intensivos, por este pasillo y a su derecha", le dijo la enfermera.

Cuando Speller y Viernes entraron en la sala de espera, Ann, la mejor amiga de su madre, estaba esperando.

"¿Cómo está mamá?" preguntó Viernes.

"He hablado brevemente con el médico", dijo ella. 'Está preocupado". Miró a Speller, preguntándose claramente quién era y por qué estaba allí.

"Lo siento, Ann", dijo Viernes. "Este es Sazz Speller, mi jefe. Insistió en venir conmigo".

"¡Es el autor!", dirigiéndose a Viernes, le dijo con entusiasmo: "Tu madre ha estado leyendo sus libros".

Después de presentarse a Speller, le dijo a Viernes que su madre estaba en la habitación tres y que una enfermera estaba con ella. "Ella entra y sale del estado de inconsciencia y sigue llamando a Thomas. No sé de quién habla. Nunca la había oído mencionar a Thomas".

Cuando entraron en la habitación, la enfermera estaba junto a la cama ajustando la intravenosa. Levantó la vista y dijo: "Usted debe de ser Thomas. No para de preguntar por usted", dirigió el comentario a Speller.

"Soy su hijo", dijo Viernes, acercándose a la cama de su madre. Tomó su mano y susurró: "Madre, soy Alex".

No hubo respuesta.

Apretó suavemente su mano y, de repente, sus párpados se abrieron. Miró a Speller, con los ojos nublados por el reconocimiento; dijo débilmente: "Thomas, has vuelto. Sabía que lo harías. Tenemos un hijo, Alex".

Speller se acercó al otro lado de la cama y le puso la mano en la cabeza, acariciándole el pelo. Con una voz llena de una mezcla de compasión y dolor, dijo: "Sí, mi amada, estoy aquí".

"Sabía que vendrías. Sabía que vendrías. Simplemente lo sabía". Suspiró profundamente y el monitor que había junto a su cama se apagó.

La enfermera pidió ayuda y, en lo que pareció una fracción de segundo, un médico y dos enfermeras más entraron corriendo en la habitación.

Pidieron a Viernes, Speller y Ann que se marcharan. Volvieron a la sala de espera, donde Viernes se paseaba de un lado a otro y Speller estaba sentado con las manos sobre la cara, sollozando en voz baja.

Después de lo que pareció una eternidad, el médico salió de la sala con la frente marcada por la derrota.

"Lo siento", le dijo a Viernes. "Hicimos todo lo que pudimos. La hemos perdido. Si hubiera vivido, habría estado con respiración asistida el resto de su vida".

Asintió a la enfermera y se marchó. Ella dijo con preocupación: "Necesito que me firmen unos papeles para poder entregar el cuerpo a la morgue hasta que usted haga los arreglos".

Viernes la siguió a la oficina para ocuparse de los detalles requeridos. Cuando regresó, Ann sugirió que ella llevara a Speller y a Viernes a casa de Christina.

Cuando llegaron a la casa, Ann preparó café e informó a Viernes de que varios días antes su madre había comentado que, cuando muriera, quería que la cremaran.

"En aquel momento", dijo Ann secándose las lágrimas, "no le di importancia. Ahora siento que ella sabía que no estaría aquí mucho más tiempo. Hoy estaba de muy buen humor cuando almorzamos. No entiendo por qué seguía preguntando por Thomas".

Se giró para marcharse con la promesa de que les llamaría a las nueve de la mañana del día siguiente.

Se dirigió a Speller y le dijo: "Señor Speller, ha sido muy amable por venir con Alex. Alex y su madre estaban tan unidos y ahora no tiene familia".

Speller la miró y le dijo: "Me llamo Thomas Braden. Sazz Speller es mi seudónimo."

ADAM

"Estoy listo para empezar mi próxima misión", informó Viernes a Beth. Había dado vueltas en la cama la noche anterior.

Habían pasado dos semanas desde la muerte de su madre. Speller había asistido al funeral y había apoyado a Viernes en su pérdida.

Las palabras de despedida de Speller cuando Viernes lo llevó al aeropuerto fueron: "Quédate todo el tiempo que quieras. Cuando estés listo para volver a Houston, podemos arreglar las cosas si deseas continuar la investigación para el libro".

"Mis planes inmediatos son deshacerme de los objetos personales de mi madre y poner su casa a la venta. Aquí no me queda nada", dijo Viernes. Su pena seguía siendo un enorme y doloroso nudo en su interior.

Speller había dejado dos cartas que había recibido solicitando el servicio de Viernes. Habían hablado brevemente de ellas en el avión de camino a Ohio. Ahora que los detalles de la herencia de su madre estaban terminados, Viernes estaba listo para partir.

Mientras recogía los papeles con las transacciones realizadas y pendientes en relación con la herencia de su madre, descubrió las dos cartas que Speller había dejado.

La primera era de una pareja de jubilados que querían que Viernes fuera su chófer para conducir su vehículo receativo por todo el país para explorar lugares de interés, que era algo que Viernes siempre había soñado con hacer algún día.

Pero fue la segunda petición la que llamó su atención; era de un niño de doce años que necesitaba un hermano mayor durante un mes mientras su madre se iba de vacaciones a Europa.

La carta decía:

Adam Sinclair
1512 Bossier Lane
Round Rock, OK 42311

Querido Viernes:

Me llamo Adam y tengo doce años. ¿Te gustaría ser mi hermano mayor durante un mes mientras mamá se va a un viaje que ganó? No quiero quedarme con la amiga de mamá, que tiene dos hijos pequeños. Sin embargo, estará disponible si la necesitas, lo que no es probable.

Toco el violín, juego al béisbol, al ajedrez y al Scrabble. También leo mucho. No seré ningún problema, lo prometo.

Mi padre fue asesinado en Beirut hace seis meses y lo echo de menos. Por favor, di que vendrás y te quedarás conmigo. Mamá te investigó. Ella me ayudó a escribir esta carta.

Adam

Después que Viernes leyera las dos cartas, tomó su decisión: ADAM. Fue entonces cuando llamó a Beth y le dijo que volvía a Texas y que se pondría en contacto con la oficina cuando llegara.

"Estoy listo para hacer de hermano mayor de un niño de doce años de Oklahoma", le dijo a Speller cuando se reunieron el lunes por la tarde.

Los preparativos ya estaban hechos. Bastaría con una llamada telefónica a Marie, la madre de Adam, para informarle de que Viernes estaba disponible y de cuándo quería que estuviera allí.

Viernes habló personalmente con Marie mientras estaba en el despacho de Speller.

Estaba eufórica cuando supo que la carta de Adam había sido seleccionada y que Viernes sería su hermano mayor. Le contó que Adam lo estaba esperando y que había hecho planes para su estancia.

"Él estaba muy seguro de que vendría", le dijo.

Se acordó que Viernes estaría en Oklahoma el jueves por la tarde. El vuelo de Marie estaba reservado para el sábado. "Eso nos dará tiempo para conocernos antes de que me vaya", le dijo a Viernes antes de que terminaran su conversación.

Todo iba encajando. Viernes decidió conducir su coche, ya que tenía planes para quedarse y explorar algunos de los puntos de interés de Oklahoma. Estaba deseando que llegara el mes.

El 1512 de Bossier Lane era una pulcra casa de ladrillo en una urbanización a las afueras de la ciudad de Oklahoma. Era poco antes de la una de la tarde cuando Viernes estacionó su coche delante de la residencia. Al abrir la puerta del coche, un niño pecoso vestido con pantalones cortos azules de vaquero y una camiseta en la que se leía MES DE DIVERSIÓN, salió corriendo de la casa para saludarlo.

Viernes no pudo evitar reírse. ¿Quién habrá pensado en eso?, se preguntó.

"Tú debes de ser Viernes. Me alegro de verte. Mamá está haciendo galletas de mantequilla de maní. Ha estado cocinando como una loca desde ayer, como si nos fuéramos a morir de hambre". Sonrió mientras saltaba delante de Viernes hacia la puerta principal.

"Está aquí, está aquí", gritó Adam. El dulce aroma de las galletas al hornearse recibió a Viernes. Marie salió de la cocina para encontrarse con él en el pasillo.

Viernes jadeó y parpadeó varias veces para asegurarse de que no estaba viendo cosas como Olivia. Se parecía a Trish, la mujer a la que le había tomado cariño durante su estancia en Dakota del Norte, cuando estaba allí para ayudar a Olivia.

Se recuperó lo suficiente como para extender la mano y presentarse. Se dio cuenta de que Marie llevaba el pelo liso con un flequillo que le cubría la frente; no llevaba maquillaje y era bastante atractiva. Su cabello era oscuro y brillante, su piel impecable y sus ojos grises se veían acentuados por tonos verdes que parecían luminosos en la habitación brillantemente iluminada.

Como si percibiera su aprobación, Marie rompió inmediatamente el contacto visual y bajó la cabeza.

Dirigiéndose a Adam, le dijo: "¿Por qué no ayudas a Viernes a traer sus cosas y le enseñas su habitación? Prepararé un té helado y podremos resolver los problemas del mundo".

Viernes se estremeció.

"Se supone que es una broma", explicó Adam de camino al coche, rodando los ojos en blanco. Después de regresar y llevar el equipaje de Viernes a su habitación, se reunieron con Marie en la cocina.

Viernes tomó asiento en la gran mesa. Adam tomó una galleta y dijo: "Ahora quiero que conozcas a mi mejor amigo, Brutus".

Mientras Viernes miraba a su alrededor para ver si había pasado por alto a alguien, Adam abrió la puerta del patio y silbó. Un bóxer atigrado entró corriendo y Adam le puso la correa en el collar. "Lo estoy entrenando para ser nuestro perro guardián. Lo sacamos de la perrera y lo maltrataron, así que necesita mucho cariño para olvidar su pasado", explicó Adam en tono serio.

El perro se paró y evaluó a Viernes, mirando a Adam y luego a Marie. Ambos sonreían y asentían con la cabeza como aprobando a Viernes.

Brutus por fin se relajó, soplando aire por las fosas nasales como si dijera: "Si ellos te aprueban, entonces yo también".

Adam soltó un poco la correa y Brutus cruzó los pocos metros de suelo de la cocina que los separaban. Se quedó pegado a la pierna de Viernes y apoyó la cabeza en su rodilla.

Viernes alborotó y acarició el pelaje de Brutus, rascándole detrás de las orejas mientras Adam lo observaba. La cola de Brutus se agitó en señal de gratitud.

"Sabía que a Viernes le gustaría", le dijo a su madre. "Es mi responsabilidad", enfatizó, mirando a Viernes.

"¿Quieres ver mi habitación?", preguntó después de beber un buen trago de té. "Claro", respondió Viernes. Se levantó y siguió a Adam por el pasillo. La habitación estaba amueblada con un escritorio con libros y papeles pulcramente apilados, una estantería con un juego de enciclopedias, un atril, un violín y un tablón de anuncios rebosante de mensajes escritos en cuadrados de notas de colores. La cantidad de notas llamó la atención de Viernes.

Se acercó a investigar cuando Adam le explicó: "Ah, son mis recordatorios para hacer tareas. Es cosa de mujeres, decía papá. Pega notas por todas partes. Es sólo un recordatorio, dice siempre mamá". Adam habló de una manera fácil y desenfadada.

"Cada color representa un día. El verde es el sábado y el domingo. El azul es lunes y martes. El amarillo es el miércoles y el jueves y el blanco representa el viernes. Mamá da clases de educación especial y papá solía burlarse de ella por traerse el trabajo a casa".

Viernes se acercó para leer las notas. La verde del lunes decía: "Cambia la ropa de cama". El martes era el día de la basura. El miércoles tocaba al menos una hora de violín o de composición. Jueves, llamar o ir a ver a la abuela. Viernes, noche de tele hasta las once. Sábado, bañar a Brutus. Domingo, iglesia y comer fuera.

"De vez en cuando me hace una nota rosa para llamar mi atención. A veces es una broma, un cumplido por algo que hice o simplemente un recordatorio que dice: 'Te quiero'. Papá y yo jugábamos a su juego y él también le dejaba mensajes por toda la casa. Como he dicho, es cosa suya. ¿Te has fijado en el tablón de anuncios de la cocina? Hay notas para ti, sobre todo números de teléfono". Sus cejas se alzaron como si esperara la reacción de Viernes.

"Creo que escribir notas es una buena manera de recordar y sobre todo de recordar cosas", dijo Viernes.

"¿No crees que es un poco exagerado?".

"No. Mi padre era detective y llevaba un cuaderno siempre con él. Me explicó que era para tener las cosas claras. De niño, me parecía genial y también llevaba un cuaderno conmigo. Algunas personas anotan cosas en su diario, hacen listas de compras o tienen un calendario de citas. En esta sociedad tan ajetreada y con tantas cosas en la cabeza, a veces uno tiende a olvidarlas".

Viernes se dio cuenta de repente de que estaba poniendo excusas a su propio hábito de tomar notas y le hizo gracia que Marie también lo tuviera. Cambiando de tema, se centró en el violín. Se dio cuenta de que el nombre de Adam estaba incrustado en el pecho del instrumento.

"Tu carta decía que tocabas el violín. ¿Cuándo empezaste a tocar?", preguntó Viernes mientras se inclinaba para examinarlo más de cerca.

"Tenía cuatro años cuando la abuela Wilma me enseñó. Me construyó éste cuando tenía diez años. También hizo uno pequeño que podía manejar mejor cuando mis manos eran más pequeñas. Lo tiene en su colección. Te lo enseñaré cuando vayamos a visitarla la semana que viene. ¿Tú tocas?", preguntó Adam.

"No, pero me gusta escuchar cualquier instrumento de cuerda. Leí en algún sitio que la melodía de un violín imparte una cualidad curativa. ¿Has oído hablar de eso?".

"No sé si cura, pero sí sé que me siento bien cuando toco".

"Estoy deseando oírte tocar. ¿Tocas en la orquesta del colegio?".

"Sí, pero me gusta más tocar en los festivales de música bluegrass. Seguirás aquí cuando tengamos nuestra juerga en la Feria del Condado de Shawnee".

Volvieron a la cocina justo cuando Marie se secaba las manos en un paño de cocina.

"Estamos invitados a casa de mi amiga Kay esta noche. A su marido, Frank, le encanta cocinar fuera. Están deseando conocerlo", dijo mientras Viernes volvía a sentarse para continuar la conversación.

"Ella vive cerca por si surge algo en lo que pueda necesitar ayuda. Adam es bastante fiable, pero nunca se sabe", añadió.

"Es bueno saberlo, pero tengo la sensación de que nos llevaremos bien".

Desde luego, Viernes no iba a decirle que aquella iba a ser su primera experiencia de pasar un mes con un niño de doce años. Los únicos niños con los que había estado eran los hijos de sus compañeros de trabajo en los picnics de la empresa o en las fiestas de la oficina. Siempre había jugado con la idea de que algún día encontraría la pareja perfecta, tendría hijos y viviría feliz para siempre, como dice el refrán.

El poco tiempo que había pasado con Adam le había impresionado lo maduro que era el chico. Realmente va a ser un MES DE DIVERSIÓN, como decía la camiseta de Adam, pensó.

"Espero que el 'Bicho Raro' haga un acto de desaparición y no esté allí esta noche", dijo Adam.

Marie miró a su hijo y le dijo:"Creía que habíamos acordado que no hablaríamos de él".

"Pero Viernes tiene que saber lo imbécil que es", insistió Adam. Marie se abrazó con los brazos sobre el pecho como si intentara cortar los pensamientos desagradables sobre el hijastro de su amiga.

Oscar vino a vivir con Kay y Frank cuando su madre ya no pudo con él. Después de oír y observar a Oscar, llegó a la conclusión de que necesitaba ayuda psicológica, pero desde luego no le correspondía a ella interferir.

"Quiere que lo llamen STING", enfatizó Adam. "Su verdadero nombre es Oscar. No puedo culparlo por querer un nombre diferente, pero ¿STING? Te hace preguntarte cómo se le ocurrió eso, probablemente como la estrella de rock. Te darás cuenta", Adam arrugó la nariz con desagrado, "si te fijas bien en su pelo, se lo decolora".

"¡Adam! Basta ya!" dijo Marie, cambiando de tema. "Mira la hora. Son casi las cuatro. Puede que Viernes necesite descansar, refrescarse o deshacer la maleta. Saldremos de casa a las seis". Dirigiéndose a Adam, le dijo: "Y tú, jovencito, puedes jugar con Brutus o sacarlo a pasear".

□□□□□

Mientras Viernes, Adam y Marie llegaban a casa de Kay y Frank; Adam se fijó en el coche de Marge estacionado en la entrada.

"Oh no, ella no", Adam gimió. "Toma carga Marge está aquí, también. Ella es la madre de Frank. Ella es sólo una red de pelo lejos de un servidor de comida rápida".

Viernes miró a Marie, que estaba tratando de mantener una cara seria. Ella se limitó a negar con la cabeza.

"Se le ocurren algunas de las observaciones más disparatadas. No lo anime. Supongo que le pasa por ver demasiada televisión".

"Cierto. Lo escuché en una comedia hace un par de noches y he estado tratando de pensar en alguien que se ajuste a esa descripción", dijo Adam, y agregó: "Y es ella".

Mientras los tres se dirigían hacia la puerta principal, un montón de juguetes servían de adorno para el césped y el camino.

Antes de que Marie llamara, un adolescente larguirucho la abrió. Su sonrisa forzada era más bien una mueca cuando le dijo a Adam: "No me perdería el conocer a tu niñera ni por toda la diversión que mi pandilla ha planeado para esta noche".

"Y este es Oscar, un rebelde sin causa", sonrió Adam.

"¡Mi nombre es STING!", le corrigió Oscar mientras Kay, la amiga de Marie, venía a darles la bienvenida. Sus dos hijas, Kristen, de cuatro años, y Nancy, de dos, estaban detrás de ella.

Kay era una belleza. Alta, delgada y bronceada, llevaba el pelo decolorado por el sol recogido en una coleta y una sonrisa de concurso de belleza que era auténtica. "Frank está preparando el pollo. Hizo su salsa especial de nogal desde cero".

Era obvio que estaba orgullosa de él.

"Veo que conoció a Oscar", dijo Kay. "Él es responsable de cortar el césped en el patio trasero. También hizo un buen trabajo podando las ramas colgantes del patio".

Viernes se dio cuenta que Óscar estaba contento de que ella lo elogiara.

Frank bajó el tenedor de cocina cuando vio a todos entrar en el patio. Llevaba un delantal a cuadros y una amplia y amable sonrisa.

"Espero que le guste el pollo", dijo mientras se acercaba a Viernes para estrecharle la mano.

La madre de Frank, Marge, de unos sesenta años, se levantó ágilmente para saludar a todos.

Viernes se esforzó por no reírse al recordar la opinión que Adam tenía de ella.

Viernes y Frank congeniaron de inmediato. Frank trabajaba como ajustador para una importante compañía de seguros. A medida que se iban conociendo, descubrieron que tenían muchos intereses en común. Ambos eran aficionados al deporte y a la música clásica.

Frank compartía algunos de los casos más interesantes de su trabajo y Viernes relataba algunas de las experiencias que había tenido cuando pasaba tiempo con los Skylarks.

Frank y Viernes estaban sentados en sillas de jardín con bandejas plegables; el resto del grupo estaba sentado alrededor de una mesa de patio.

De repente, Marge se levantó y se unió a ellos con un bol de ensalada de col. Empezó a servir una generosa ración en el plato de Viernes. Su hijo la observó y le dijo pacientemente. "Mamá, puede que a Viernes no le guste la ensalada de col".

"Tonterías, a todo el mundo le gusta. ¿Olvidas que mi receta ganó el primer puesto dos años seguidos en la feria del condado?".

Viernes ya había probado la ensalada y todavía tenía un poco en el plato. Mirándola, le dijo: "Ya veo por qué ganó. Es la mejor ensalada que nunca he comido". Y hablaba en serio.

Con esa nota de ánimo, Marge dejó el cuenco y acercó su silla para unirse a ellos. "¿Qué les parece que Marie viajará por todo el mundo y dejará a Adam con un completo desconocido? Y tan poco después de que su marido fuera asesinado".

"¡Madre! Eso fue hace más de seis meses", le recordó Frank.

Ella lo ignoró y continuó: "Esta generación moderna no usa el sentido común. Me ofrecí a quedarme con Adam, pero él quería un hermano mayor. Entiendo por qué no quería quedarse con Kay y Frank. Kay está muy ocupada con las chicas y ahora con Oscar, que insiste en que le llamen 'Aguijón'. Oscar es un nombre perfectamente bueno. Así se llamaba mi marido. Oscar era un buen hombre. Cuidé de él durante trece meses antes de que perdiera la batalla contra el cáncer".

Viernes escuchó educadamente, asintiendo con la cabeza mientras ella continuaba.

"¿Sabes lo que significa el nombre Oscar? Lo busqué en uno de esos libros de nombres. Significa considerado, digno". Miró a Oscar, que estaba sentado en el columpio del patio tomando un refresco.

Frank finalmente dijo lo que tenía que decir y, dirigiéndose a su madre con una sonrisa practicada, dijo: "Estoy seguro de que un hermano mayor es lo que Adam necesita en estos momentos. Él y su padre estaban muy unidos y parece que Viernes le cae muy bien. Creo que es un buen arreglo".

Las niñas se reían mientras Adam hacía muecas divertidas mientras les contaba un cuento.

Oscar, que estaba sentado mirando, de repente le gritó a Adam: "Eres un loco".

"¿Locomotor o locomotriz?".

"¿Qué?".

"Si estoy loco, quiero saber de qué tipo. Dame una pista".

Oscar parecía confuso. Se levantó y caminó hacia la casa.

Frank y Viernes oyeron lo que ocurría. "Ojalá supiera qué les ha pasado a esos dos. Cuando Oscar vino hace dos meses, congeniaron y me sentí aliviado", explicó Frank. "Tenía problemas en el colegio en Iowa, donde vivía con mi ex. Ella no podía controlarlo, así que lo envió a vivir con nosotros. Tiene catorce años y sólo va un curso por delante de Adam. Ahora está metido en una pandilla local". Su tono era de disculpa y Viernes se dio cuenta de que estaba muy preocupado. "Antes de que terminaran las clases de verano, tuve que reunirme con sus profesores y el director. El director le preguntó si tenía problemas de audición. Una de las profesoras más veteranas dijo que cree que todos los adolescentes tienen oído selectivo, que es una maldición y que está empezando a notarlo ahora, incluso en los niños más pequeños. Dijo que necesitaba asesoramiento".

"Quizá no sea tan mala idea", respondió Viernes. "A veces un extraño puede llegar a un niño mejor que un padre".

"Kay y yo nos preguntamos qué causó la ruptura entre Oscar y Adam. Se llevaban muy bien hasta hace un mes, cuando Oscar cambió. No quiere hablar de ello, excepto para decir que Adam es honesto y justo. Quizás puedas conseguir que Adam te cuente lo que pasó".

"No puedo prometer nada, pero si surge el tema, me pondré en contacto contigo".

□□□□□

A la mañana siguiente, Viernes se despertó con olor a café. Tras una ducha rápida, se reunió con Marie en la cocina. Ella estaba leyendo el periódico.

"Adam se va al entrenamiento de las ligas menores", dijo. "Esto nos dará tiempo para repasar algunos detalles de última hora y nuestra rutina. Podemos dar una vuelta por la ciudad cuando Adam vuelva".

"Suena como una buena idea", dijo Viernes.

"¿Qué le parece un rosca con queso crema y avena? Es lo que Adam sugirió para usted". Se rió. "En serio, ¿qué suele comer?".

"Rosca con avena suena muy bien. Hacía tiempo que no me sentaba frente a un tazón de avena".

Todavía estaban tomando café cuando Adam irrumpió por la puerta trasera con sus dos amigos, Chris y Josh. Venían directamente del entrenamiento de pelota.

"Querían conocerte, Viernes. Creen que tener un hermano mayor es genial. Jugamos contra los Cougars mañana por la noche. Chris es el lanzador, Josh el jardinero izquierdo y yo el receptor. Mamá no estará y podrás conocer al resto del equipo después del partido", le informó Adam a Viernes de un tirón.

Los dos chicos se quedaron mirando a Viernes con la boca abierta. Viernes utilizó su habilidad natural para hacer que la gente se sintiera cómoda y empezó a hacerles preguntas sobre el partido. La conversación habría continuado, pero Marie le recordó a Adam que tenían muchas cosas que cubrir antes de irse.

A Viernes le pareció que el recorrido por Round Rock tenía todas las comodidades y aún conservaba el encanto y la personalidad de un pueblo pequeño. La ciudad de Oklahoma estaba a sólo 22 kilómetros y medio. La mayoría de la población era nativa americana. Todavía vendían sus artesanías en las tiendas de regalos que rodeaban la plaza.

"Incluso tenemos un cine", señaló Adam cuando pasaron junto a un moderno edificio con fachada de mármol negro en la plaza.

Pararon a comer en Sam's. "Es el mejor sitio de la ciudad para comer hamburguesas. Hacen patatas fritas rizadas", dijo Adam mientras cruzaban la puerta.

Mientras Adam terminaba la última patata frita rizada empapada de ketchup, el dueño se acercó para presentarse. Antes de que pudiera decir nada, Adam soltó: "Este es el señor Sam, el patrocinador de nuestro equipo. Nunca se pierde un partido".

"¿Así que usted es el hermano mayor del que hemos oído hablar?". Sonrió mientras estrechaba la mano de Viernes. "Esto merece una celebración". Se dirigió al mostrador donde había una camarera y dijo: "Cindy, trae a esta mesa un helado de frambuesa, invita la casa".

"¡Genial!", Adam sonrió y extendió la mano al otro lado de la mesa.

Viernes respondió sin vacilar.

Chocaron las palmas de las manos. Marie observaba. Una expresión de satisfacción iluminó su rostro y se sintió satisfecha de estar haciendo lo correcto al permitir que Viernes, un completo desconocido, entrara en sus vidas para cuidar su hijo. Estaban estrechando lazos.

Esa tarde, mientras Marie estaba en su habitación haciendo las maletas y atendiendo las llamadas de última hora, Viernes y Adam jugaron al Scrabble. Viernes volvió a sentirse como un niño mientras jugaban. Acababan de terminar la segunda partida cuando Marie entró en la habitación.

"¿Quién va ganando?".

Adam esbozó una sonrisa y contestó: "Le habría dejado ganar por cortesía y respeto a su edad, pero antes de que tuviera oportunidad, ganó haciendo trampas".

Marie miró a Viernes y sonrió.

"Menos mal que no estábamos jugando a la ruleta rusa", añadió Adam. "Mis sesos estarían por toda la cocina".

"Yo no hago trampas. Sólo empleo técnicas avanzadas y complejas".

Era increíble lo bien que se llevaban los tres. Marie casi estuvo tentada de cancelar su viaje y quedarse en casa para disfrutar de la compañía de Viernes.

"Odio ser una aguafiestas, pero se está haciendo tarde y tenemos que salir temprano hacia el aeropuerto por la mañana. Será mejor que lo dejemos por hoy y sigamos jugando otro día".

"¿Sólo un juego más?", Adam suplicó.

"Tu madre tiene razón. Dejémoslo por hoy, tenemos todo un mes juntos", aceptó Viernes mientras se levantaba.

"Llamaré a su puerta a las seis de la mañana y podremos tomar un café", dijo Marie. "Hay un bar de desayunos en el aeropuerto que hace una tortilla fantástica. Adam y yo hemos comido allí en varias ocasiones cuando llevábamos a Rob a tomar un vuelo. Él viajaba mucho".

"Oh, Viernes, te gustará su tortilla española con salsa picante. Buena idea, mamá", añadió Adam.

Eran las siete de la mañana cuando salieron hacia el aeropuerto. Viernes conducía su coche. Marie hizo preguntas sobre su última misión y Adam intervino queriendo oír más detalles sobre sus experiencias mientras conducían hacia el aeropuerto.

El bar del desayuno no estaba demasiado lleno. Encontraron una mesa al fondo que les daba más intimidad.

"Me encantaría oír cómo es una charla entre ustedes dos cuando no estoy aquí para aportar algo de racionalidad", dijo Marie.

"¿Tú aportas racionalidad?" preguntó Adam juguetonamente. "Apuesto a que si papá estuviera aquí, estaría de acuerdo. Diría que eres parcial con toda tu sabiduría y racionalidad. Los demás tenemos que confiar en nuestros conocimientos". Dirigiéndose a Viernes, le preguntó: "¿Conoces la diferencia entre sabiduría y conocimiento?".

"Nunca he pensado en ello", respondió Viernes.

"El conocimiento es aprender de los libros. La sabiduría es la capacidad de utilizar el conocimiento para hacer juicios con sentido común. Así me lo explicó papá".

"Eso tiene mucho sentido. Tu padre debía de ser un gran tipo. Ojalá hubiera tenido la oportunidad de conocerlo".

Después de desayunar y despedirse, se dirigieron a la línea de seguridad. Marie prometió llamar en cuanto estuviera en el hotel de Portugal, su primera parada de la gira.

"Y por cierto..."

"Sí, lo sé", dijo Adam. "Es sábado y Brutus se baña".

"Ese es mi chico", dijo mientras le daba un último abrazo antes de atravesar la puerta de seguridad.

El viaje de vuelta a casa transcurrió sin incidentes.

"Esa última dona de jalea pide paz y tranquilidad para que se pueda digerir", dijo Adam mientras se acomodaba para estar más cómodo.

Viernes estaba ocupado con sus propios pensamientos privados. Quería enviar un informe a Speller. Le enviaría por correo electrónico una breve actualización y una descripción detallada de las personas que había conocido desde su llegada. Estaba seguro de que a Speller le gustaría la opinión de Adam sobre Marge: "una redecilla lejos de un servidor de comida rápida".

Aquella tarde, cuando Viernes salió a sentarse en el patio con un libro y un vaso de té helado, Brutus parecía limpio y cómodo.

Adam estaba húmedo, sudoroso y apestaba a champú para perros. Estaba recogiendo el cepillo y el champú y estaba ansioso por bañarse y cambiarse. Se le había abierto el apetito.

Viernes dijo que prepararía la comida. "¿Te parece bien ensalada de pasta y panecillos? Es lo que trajo Kay anoche".

"Claro", dijo Adam. "Hace la mejor ensalada de camarones y pasta que he probado nunca. Espero que haya preparado suficiente".

Viernes sacó sus platos al patio y Adam se unió a él, recién salido de la ducha y listo para meterle el diente.

Brutus yacía cerca, mirando a Viernes y Adam comer. De repente, una mariposa naranja y negra pasó cerca de la cara de Brutus, sobresaltándolo. Ladró una vez y corrió tras ella, fuera del patio, a través de la hierba. Corriendo de un lado a otro del césped, saltando alto, chasqueando el aire, erró repetidamente su objetivo.

De repente, chocó contra el tronco de un árbol mientras Viernes y Adam lo observaban.

Adam miró a Viernes y le dijo con una risita: "Brutus no ser el más brillante".

Viernes sonrió. Nunca dejaba de asombrarse de lo que decía aquel muchacho de doce años, a punto de cumplir los cincuenta.

Los Cougars perdieron por dos puntos aquella tarde, mientras Viernes veía el partido. El entrenador les aseguró que habían jugado lo mejor posible, pero alguien tenía que perder.

"La próxima vez nos toca ganar a nosotros, chicos".

A Viernes le impresionó lo despreocupado que era y por qué Adam hablaba tan bien de él. Viernes conoció al equipo y a muchos de sus padres. Kay, Frank y las chicas también estaban allí.

"Nunca nos perdemos un partido", dijo Kay.

Frank sugirió que se reunieran en la heladería. Adam charló sobre sus compañeros de equipo y entretuvo a sus dos jóvenes amigos mientras los adultos se conocían mejor.

El domingo, Kay vino con las niñas para llevar a Adam a la iglesia. Viernes se quedó en casa leyendo el periódico dominical. La rutina de la vida diaria fluía sin problemas.

Durante los días siguientes, con el colegio fuera y un tiempo inusualmente agradable en junio, Adam invitó a sus amigos a casa. Bateaban la pelota por el patio, trepaban a los árboles, jugaban con Brutus y, por la noche, jugaban al ajedrez o veían la televisión.

El miércoles, después de cenar, Adam le recordó a Viernes que mañana irían a visitar a la abuela Wilma y al abuelo James. Empezó a hablarle de ellos.

"Te caerá bien la abuela Wilma. Es muy sabia. El abuelo James es muy hablador, pero es un buen pescador. Una vez, pescó un bagre de ocho kilos. Eso fue antes de que se cayera, se lastimara las rodillas y le diera artritis. Papá, el abuelo y yo solíamos ir a pescar al estanque que tienen en la parte trasera de su propiedad. Quizá tú y yo podamos ir a pescar mientras estés aquí".

A Viernes se le iluminó la cara. "No he traído mi equipo de pesca, pero me gusta mucho este deporte".

"No hay problema. Tengo una caja llena de señuelos y muchas cañas y carretes. Papá solía pescar con el abuelo mientras la abuela me enseñaba a tocar el violín".

A la mañana siguiente, mientras Viernes y Adam se dirigían a visitar a la abuela y al abuelo, Adam siguió hablándole a Viernes de su familia.

"La abuela Wilma no es la madre biológica de mamá. Mamá se crió en un orfanato. Cuando tenía quince años, tuvo la oportunidad de vivir con los Watson, la abuela y el abuelo".

El viaje de 24 kilómetros en una zona rural donde vivían sus abuelos pasó rápidamente mientras Adam hablaba.

"La trataban como a su hija. Ella los llamaba mamá y papá. Después de la universidad, conoció a papá. Era fotógrafo en el periódico de la ciudad de Oklahoma. Se mudaron aquí. Yo nací aquí y decidí quedarme para estar cerca de mis padres". Adam hizo una pausa y miró a Viernes.

Viernes negó con la cabeza, preguntándose si había oído bien.

Adam sonrió."Sólo me preguntaba si estabas escuchando o aburrido".

"Aburrido, nunca. Escuchando e interesado, sí".

"Así que seguiré poniéndote al corriente de la vida y los tiempos de la familia de mi madre. Mamá los llama cada semana más o menos. Creo que papá los consideraba como sus padres... ya sabes".

Viernes quería saber más sobre esta relación.

"¿En qué sentido?"

"¿En qué sentido, qué?", Adam preguntó.

"Dijiste que tu papá los consideraba como sus padres".

"Sí, bueno, él no tenía ninguna familia de la que hablara. Cuando le pregunté a mamá si tenía abuelos, me dijo que tenía suerte de tener a la abuela y al abuelo. Supongo que era su secreto".

Por fin llegaron a su destino: una modesta casa de tablas de madera que parecía no haber recibido ningún mantenimiento en mucho tiempo.

Plateada por años de sol insistente, la madera desnuda asomaba a través de la pintura desconchada como huesos oscuros.

Al final del camino de grava, una maltrecha camioneta Ford se alzaba sobre sus neumáticos calvos bajo un cobertizo hundido.

La abuela Wilma los esperaba cuando bajaron del coche. Sonreía cuando Adam se acercó a abrazarla.

"Y este es Viernes, mi hermano mayor", dijo Adam.

"No veo ningún parecido familiar", sonrió la abuela y le guiñó un ojo a Viernes. Viernes supuso que de ahí venía el rápido sentido del humor de Adam.

Caminaron hasta la casa y la abuela les enseñó el interior. Los muebles del salón parecían estar al borde de la combustión espontánea. Las ventanas corredizas estaban abiertas para admitir una corriente de aire, pero el día de junio declinó la invitación a proporcionar una brisa.

En la cocina, la mesa ya estaba puesta. Un pequeño ventilador eléctrico estaba en el suelo de la cocina, agitando el aire caliente con menos efecto refrescante del que podría producir una cuchara de madera removiendo los frijoles burbujeantes que estaba cocinando en la estufa.

"Hice pan de maíz, frijoles pintos y chow-chow para el almuerzo. Espero que tenga hambre. Sé que Adam siempre lo está. Marie y Adam me ayudaron a hacer el chow-chow el otoño pasado cuando tuvimos una cosecha abundante de tomates verdes". Miró a Adam y sonrió.

La abuela llevaba un vestido sin forma. Tendría unos sesenta años. Su cabello castaño grisáceo era tan brillante como el polvo.

Su rostro estaba animado por una gran cantidad de pecas y su voz era musical y cálida. A Viernes le cayó bien de inmediato.

Desde el otro extremo de la casa llegaba un golpeteo lento y rítmico.

James, el abuelo de Adam, se dirigía a la cocina.

"Espero que no le importe que haga tanto calor. James tiene artritis y no soporta el frío. Yo estoy acostumbrada", dijo Wilma mientras servía té en los vasos llenos de hielo que había sobre la mesa. Viernes se secó el sudor de la frente con la mano cuando ella no estaba mirando.

James entró por fin en la cocina, impulsándose con un par de robustos bastones. También él rondaba los sesenta, pero aparentaba veinte años más.

Culpaba al tiempo de su pelo blanco y escaso, pero su rostro rubicundo e hinchado era consecuencia de la enfermedad y la medicación. La artritis reumatoide le había torcido las caderas. Debería haber empezado a usar muletas o una andadera, pero su orgullo no le permitía dejar el bastón.

El orgullo también lo había mantenido en el trabajo mucho tiempo después de que el dolor le impidiera trabajar. Llevaba cinco años desempleado e intentaba vivir de la pensión por incapacidad.

Se balanceó en la silla y enganchó los bastones al respaldo. Wilma presentó a Viernes a su marido.

Le tendió la mano derecha. La mano estaba nudosa, los nudillos hinchados y deformes.

"Eres un joven muy guapo", dijo a modo de saludo.

Viernes la apretó ligeramente, temiendo causar dolor incluso con un toque suave.

"Adam, ¿están listo para la juerga del sábado?", preguntó el abuelo, indicando a Viernes y Adam que se unieran a él en la mesa del comedor.

"Claro que lo estoy y Viernes también".

Dirigiéndose a Viernes, el abuelo le dijo: "Háblame de ti". Miró a Viernes a los ojos con intensidad de halcón. "Hace falta ser una persona especial para ofrecerse a vigilar a un chico durante un mes y no ser pariente. Lo habríamos tenido aquí, pero cuando supimos que había ganado tus servicios, nos sentimos aliviados". Miró a su mujer y vio que fruncía el ceño ante su comentario. Cambiando de tema, continuó: "¿Has oído a Adam tocar el violín?".

"Sí. Me entretuvo una noche tocando un CD como acompañamiento. También le he oído practicar. Desde luego tiene talento".

La abuela Wilma interrumpió con el anuncio de que el almuerzo estaba listo y trajo cuencos humeantes a la mesa. Viernes se levantó para ayudarla.

"Adam no sólo tiene talento. ¡Es un superdotado!", recalcó el abuelo, tomando su cuchillo y untando con mantequilla su pan de maíz caliente. "Wilma enseñó al niño, ya sabes, cuando tenía cuatro años. Lo aprendió como un profesional". Era obvio que el abuelo disfrutaba la oportunidad de compartir sus opiniones. "¿Te dijo Adam que los violinistas locales actúan este sábado en el recinto ferial? Se están animando para el festival de bluegrass que se celebra cada otoño en la ciudad de Oklahoma".

"Sí, abuelo, ya le he dicho que vamos a ir. Gram y yo tocaremos On Hallowed Ground, la canción que escribió cuando tenía mi edad".

"Esa siempre ha sido una de mis favoritas", suspiró el Abuelo mientras asentía con la cabeza en señal de aprobación. "Entonces, Adam, ¿qué te trae por aquí hoy?".

"Quiero enseñarle a Viernes la colección de violines de la abuela y su taller donde los repara para los recolectores.Y quería que Viernes experimentara los deliciosos frijoles y pan de maíz de la abuela".

"¿Te dijo Adam que Wilma es conocida en todo el mundo por sus conocimientos y destreza, por construir y reparar violines?", preguntó el abuelo.

La abuela se quedó sentada en silencio, observando cómo todos disfrutaban de la comida que había preparado y sonrió a sus dos admiradores incondicionales, James y Adam, mientras la elogiaban. James parloteó sobre los pormenores de su vida durante toda la comida.

Cuando terminaron de comer, Wilma se levantó y recogió la mesa. Cuando terminó, le dijo a su marido: "Los platos pueden esperar. Han venido a ver mi taller", y antes de que él pudiera decir nada más, ella los condujo a la puerta trasera.

James tenía que asegurarse de que había cubierto todas las bases sobre su talentosa esposa. "Adam, muéstrale a Viernes dónde guarda todos sus premios".

"Está en su despacho, por aquí", dijo Adam mientras lo guiaba.

Ella tiene una sala de ego en lugar de una pared de ego. Bien por ella, pensó Viernes.

Después de que Viernes admirara y examinara sus trofeos y placas, se dirigieron a su taller en la parte trasera de la casa.

Aún no había terminado; James todavía tenía información que compartir con Viernes. Seguía sentado a la mesa mientras Adam le enseñaba a Viernes los premios de Wilma.

"Espera un momento; tienes que oír esto", gritó antes de que salieran por la puerta trasera. "Hace cuatro años, Wilma participó en una película que se rodó en la ciudad de Oklahoma. La hicieron tocar el violín en las escenas del bar. Ese tal Redford, ya sabes, el actor, era una buena persona. Me dejó quedarme en el lote y comer con el equipo mientras ella trabajaba para él".

"James, creo que Viernes ha oído hablar bastante de mí. Vino a ver la tienda", le recordó Wilma.

"No, estoy fascinado con todo el talento y los dotes que tienen Wilma y Adam. Yo también estaría orgulloso de ellos. Gracias por compartirlo".

Viernes estaba impresionado y realmente interesado mientras escuchaba a Wilma y Adam señalar y explicar la fabricación de un violín, incluyendo lo que se necesitaba para producir el mejor tono.

Wilma incluso había construido un violín de metal y lo había tocado para Viernes para demostrar los diferentes tonos.

Hablaron de Ricky Skaggs, ganador de doce premios Grammy. Vino a su taller y le hizo reparar uno de sus instrumentos.

Adam sólo tenía nueve años y la abuela le dijo a Marie que lo llevara para que conociera a Ricky. "Era un tipo bastante simpático", dijo Adam. "Y, vaya que sabía tocar".

Conduciendo a casa aquella tarde, Adam seguía respondiendo a las preguntas que le hacía Viernes.

"Entonces, ¿no pueden usar amplificadores en los festivales de bluegrass?".

"No hace falta. Espera a oír a algunos de los veteranos cantar su música. Puede hacer temblar las vigas".

Después de un largo día, Viernes estaba agradablemente cansado. Pensó que se dormiría en cuanto apoyara la cabeza en la almohada, pero no fue así. No podía dejar de pensar en Trish y en lo mucho que deseaba que ella pudiera estar ahí con él.

Era Marie la que le había recordado tanto a Trish. Tenía el mismo color de ojos y la misma línea grácil y esbelta de su garganta, el sonido musical de su risa, la curva de su sonrisa.

Estoy enamorado. Echo de menos la compañía de una compañera, admitió para sí. Llamaría a Trish por la mañana.

La casa estaba en silencio cuando Viernes se despertó. Miró el reloj de cabecera y supuso que Adam ya se había ido al entrenamiento de pelota. Cuando entró en la cocina, Adam estaba en la mesa comiendo cereales y tostadas.

"¿Sigues aquí?" preguntó Viernes.

"No, esto es una ingeniosa fachada de cartón. El verdadero yo está en el baño inyectándose heroína".

La respuesta de Adam volvió a tomar desprevenido a Viernes.

"Adam, ¿te aprendes de memoria todos los chistes para poder recitarlos de improviso?".

"Supongo que sí. Sólo recuerdo cosas que leo o escucho. No mucha gente tiene sentido del humor y a mí me gusta recibir una respuesta sorpresa. Papá decía que tenía una mente fotográfica y aguda y que lo había heredado de sus genes. No sé si es una ventaja o un inconveniente. En algunos círculos, se describiría como tener una boca fresca. Intento tener cuidado cuando estoy cerca de algunas personas, como la abuela y el abuelo. No hay necesidad de molestarlos, así que me quedo tranquilo. Si me pongo demasiado fuerte para ti, me contengo".

"No hace falta. Es que no tenía ni idea de que un niño de doce años fuera tan listo".

"Viernes, realmente necesitas relajarte. Cuando nos conocimos, me dio la impresión de que estabas melancólico, casi triste. Pensé que estabas superando una experiencia desagradable. Mamá y yo hablamos de ello la primera mañana después de que llegaras. Me dijo que me apartara y que tal vez estuvieras sensible. 'No, sólo está triste', le dije".

"Tenías razón. Justo antes de venir aquí, mi madre murió en un accidente de coche y todavía pienso en ella. La extraño", le explicó Viernes.

"Yo también. Sigo echando mucho de menos a mi padre. Hablo con él, ya sabes, fingiendo que sigue aquí, en la habitación conmigo. ¿Te parece raro?".

"No, en absoluto. Creo que es normal echar de menos a una persona. A veces incluso tengo la sensación de que están a nuestro alrededor y pueden oírnos".

"Prométeme que no te reirás y te diré algo". Adam se puso muy serio.

"No, no me reiré. Lo prometo", dijo Viernes.

"Cuando Kay oyó en la radio el concurso para que un hombre pasara un mes ayudando a alguien, le dijo a mamá que debería escribirte una carta pidiéndote que vinieras a ser mi hermano mayor. Al principio pensé que de ninguna manera. Luego se lo pregunté a papá esa noche, y le pareció bien la idea. Cuando se lo conté a mamá, me dijo: 'Adelante', y ahora estás aquí, y puedes ser mi hermano mayor o mi segundo papá para siempre".

"Eso suena como toda una responsabilidad: para siempre. Pero debo confesar que no me importaría tenerte como hijo"".

"Viernes, estamos resolviendo los problemas del mundo. Así lo explica mamá cuando tenemos nuestras discusiones familiares, sobre todo cuando papá estaba aquí".

"Y por cierto, esta mañana no he ido al entrenamiento de pelota porque no voy a jugar. Vamos a ir a la feria. Recuerda que esta noche tocaré el violín con la abuela. Salgamos temprano para que podamos pasear por el recinto ferial".

El día resultó ser una experiencia agradable. Adam decidió dejar su violín en el baúl del coche hasta que llegara la hora de entrar en calor.

Cuando entraron en el recinto, había filas y filas de mesas con mercancía expuesta.

Viernes se detuvo, mirando a la multitud: gente comiendo helado en grandes conos de galleta, gente comiendo manzanas de caramelo en palitos envueltos en papel encerado.

Había chicos con sombreros de vaquero decorados con plumas que habían comprado a uno de los vendedores; grupos de chicas jóvenes y guapas con shorts cortos y blusas; una mujer muy gorda con un muumuu morado; gente que hablaba inglés y español y japonés y vietnamita y todos los demás idiomas que se pueden oír en cualquier feria estatal.

"¡Vaya! Qué colorida reunión de gente", pensó Viernes.

Adam se fijó en un puesto de Slurpee. "Vaya, hace mucho que no me tomo un Slurpee. ¿Quieres uno?".

"¿Por qué no?" respondió Viernes.

Encontraron un banco y se sentaron con sus bebidas, observando a los transeúntes.

De repente, Adam giró hacia Viernes y anunció: "El próximo sonido que oigas será el de mí disfrutando del último medio centímetro de mi Slurpee".

Viernes se limitó a negar con la cabeza, algo que se había convertido en un hábito para él desde que estaba cerca de Adam.

"¿Has pensado alguna vez en ser cómico?", preguntó Viernes.

"No, sólo me gusta ver si puedo conseguir una reacción de ti. Te estás soltando más. Tal vez la camisa que he estado usando está ayudando. Un MES DE DIVERSIÓN es mi intención y, hasta ahora, está funcionando".

Siguieron caminando por el recinto, deteniéndose varias veces cuando encontraban algo interesante, como una chica que dibujaba retratos de personas con pasteles de colores. Era buena.

O un vendedor que pegaba dibujos que parecían tatuajes en las piernas y los brazos de la gente.

Finalmente encontraron la zona donde se celebraría el espectáculo. Los violinistas ya se habían congregado bajo la carpa al aire libre. Las sillas metálicas se iban llenando de gente que esperaba que la música comenzara.

La mayoría de los músicos llevaban sombreros Stetson o de paja. Adam llevaba una camisa de cuadros del oeste con tachuelas en lugar de botones y cambió sus pantalones cortos por unos pantalones de vaquero cuando se incorporó Viernes, después de cambiarse y sacar su violín del coche.

"No me gusta llevar sombrero vaquero", dijo y añadió. "Demasiado calor".

Por fin empezó la música y el público aplaudió, silbó y zapateó al ritmo de la música.

Los músicos que iban a actuar se sentaron a un lado de la plataforma, esperando su turno para ser presentados. Había conjuntos de cuatro, de tres, dúos y varios solos.

Wilma apareció vestida con una falda de tela de vaquero y una camisa del oeste con pliegues rojos y blancos, y tomó asiento junto a Adam en la zona de los intérpretes. Viernes miró a su alrededor en busca de James, pero no lo vio.

Adam y Wilma fueron los últimos en actuar. Cuando los presentaron, recibieron fuertes aplausos y silbidos de aprobación. Era obvio que eran los favoritos del público.

Viernes experimentó tal sentimiento de orgullo que se le hizo un nudo en la garganta. *Así se sentían los padres cuando veían actuar a sus hijos.*

Cuando Wilma y Adam bajaron del escenario, se acercaron para reunirse con Viernes. Viernes abrazó a Adam y le dijo: "Buen trabajo, amigo".

Una pareja de ancianos se acercó a Viernes. El hombre le dijo: "Debe de estar muy orgulloso de su hijo. Espero que algún día toque mejor que Ricky Scaggs".

Viernes se quedó sin palabras y se limitó a mirar al hombre hasta que Adam dijo: "Es mi segundo padre desde hace un mes".

El hombre miró a los dos y sonrió. Su mujer, al oír lo que ocurría, se dirigió a su marido y le preguntó: "¿Qué ha sido todo eso?".

"No lo sé bien. Podría significar cualquier cosa".

Cuando Viernes preguntó dónde estaba James, Wilma le dijo que James se había caído y se había torcido la muñeca y no había podido reunirse con ellos. "Él y el vecino estaban jugando Canasta cuando me fui", explicó.

□□□□□

La liga infantil jugó su último partido de la temporada y ganó. Viernes y Adam fueron a pescar y visitaron a Wilma y James.

Las películas, las pizzas, las visitas a Frank y Kay y las partidas de ajedrez los mantuvieron ocupados. Marie llamaba fielmente todas las noches antes de que Adam se fuera a la cama. La extrañaba mucho pero estaba lo suficientemente ocupado como para no expresarlo abiertamente.

El tiempo parecía volar. Viernes pudo terminar de leer el libro de Speller.

Era jueves de la tercera semana que Viernes había pasado con Adam cuando Kay y Frank se acercaron, visiblemente disgustados. Estaban preocupados por Oscar. Hacía dos días que no estaba en casa. Frank les explicó que suponía que Oscar había vuelto a Iowa para estar con su madre, pero cuando por fin la llamaron, ella les informó de que no lo había visto ni sabía nada de él.

Frank le preguntó a Adam si sabía dónde podía estar Oscar.

"No", respondió Adam, "hace tiempo que no hablo con él. Puede que se haya ido a acampar con los chicos con los que salía", fue todo lo que pudo decirles.

Kay había llamado a los padres de varios amigos de Oscar, pero nadie lo había visto.

Viernes se ofreció a ayudar en lo que pudiera.

Después de que Kay y Frank se marcharan, Viernes aprovechó para preguntarle a Adam qué había ido mal en su amistad con Óscar. "Ya ves lo disgustados que están Kay y Frank; si sabes algo, creo que deberías decírselo a ellos o a mí", razonó con Adam.

Adam se quedó en silencio, mirando al suelo. De repente se levantó, fue a su habitación y volvió con su grabadora. "Está todo grabado y no sé qué hacer con él", dijo. "Si papá estuviera aquí, sabría qué hacer".

Viernes vio a un Adam diferente, un chico que estaba realmente asustado.

"Cuéntamelo", lo animó. "Podemos jugar a los detectives y resolverlo juntos".

Adam finalmente comenzó el relato. Le habló a Viernes de la pandilla de cinco chicos que se hacían llamar Los Topos. Siempre estaban metidos en líos: quitaban el dinero del almuerzo a los niños en el colegio, hacían tropezar a los chicos en el pasillo, vendían drogas.

"Me mantuve lo más lejos posible de ellos", dijo. "Cuando Oscar empezó a estudiar aquí, lo llamaron forastero y se peleó con uno de los Topos. Pero una semana después me di cuenta que se juntaba con ellos".

"Un sábado, estuvo aquí mientras mamá y Kay iban de compras. Acababa de bañar a Brutus y fui a mi cuarto a cambiarme de ropa. Me siguió y empezó a alardear de cómo había estafado a Los Topos y de que ahora era miembro de la élite de los cinco. 'Planean reclutar a más miembros y le dije al Juez, él es el líder, que podrías estar interesado'. Pensó que me estaba haciendo un gran favor".

Adam suspiró y continuó: "Al principio, pensé que era una broma, porque cuando hablamos antes de la pandilla, se refirió a ellos como aficionados. Pero sonaba muy serio".

Adam continuó compartiendo todos los detalles mientras Viernes se sentaba embelesado. Sobre cómo pensó en grabar la conversación, tal vez reproduciéndola para Oscar. Adam seguía pensando que era una broma y que Oscar era un buen actor.

La grabadora estaba sobre su escritorio, ya que la utilizaba a menudo para grabar cuando tocaba el violín. La había encendido sin que Oscar se diera cuenta y empezó a hacer preguntas.

Oscar empezó a alardear de lo que implicaba la iniciación: robar cien dólares, acostarse con una chica, tener un tatuaje con una 'T' en el hombro izquierdo, que significaba Topo y tendrías que vender drogas a los chicos del colegio.

"Son una pandilla de enfermos", dijo Adam. "Después de que Oscar se fuera y yo escuchara la cinta, seguía pensando que era una broma porque nos divertíamos gastándonos bromas. Seguí pensando que era una broma hasta el día en que Oscar me enseñó su tatuaje. 'Estoy dentro. He pasado la iniciación', presumió. 'Ahora puedo reclutarte como mi segundo. Nos la pasaremos bomba'. Me asusté y le dije que lo pensaría. Unos días después, uno de los miembros, que se hace llamar Terminator, se me acercó amistosamente y me dijo que Aguijón me había reclutado y que me invitaba a una reunión la noche siguiente".

"Me dijo que tenían grandes planes para uno de los encargados de una tienda de la ciudad que echó a un Topo de su tienda por robar".

Mientras Adam seguía contándole la historia a Viernes, sonó el teléfono. Fue una intrusión tan inesperada que Viernes casi se cae de la silla.

Adam contestó. Frank quería hablar con Viernes.

"Oscar está en la cárcel en el condado de al lado. Acabo de recibir una llamada de la policía y voy a recogerlo. Pensé que te gustaría saberlo", le dijo Frank. Viernes le dio las gracias y le ofreció su ayuda si Frank la necesitaba. Luego colgaron.

Viernes había estado pendiente de cada palabra que Adam decía y quería oír más. Parecía el guión de una película de la Mafia, con jóvenes adolescentes en el papel de ladrones experimentados.

"Así que se me ocurrió cómo podía manejar la situación", continuó Adam después de que Viernes terminara su conversación telefónica.

"Hice tres copias de la cinta original. Tengo una escondida en mi caja de pesca, otra en el bolsillo de una camisa y otra encima de la cómoda. En la entradilla de cada cinta se dice que esta cinta debe entregarse a la policía. Eso no es original. En realidad lo vi en una película y recordé que funcionaba".

"Entonces Oscar se acercó, todavía orgulloso y entusiasmado, pensando que era capaz de reclutarme, pero en lugar de eso, se llevó la sorpresa de su vida. Le puse la cinta. Era tan explícita con los detalles de fanfarronería de Oscar que se quedó sentado con la cara roja y luego se enfadó. Se levantó, sacó la cinta de la grabadora y dijo: 'Ahí van tus pruebas, ¿quién te va a creer?'".

Adam le dijo que había hecho tres copias más y que la que Oscar tenía en la mano la podía poner para que la oyera su pandilla y que si le ponían la mano encima a él, a su perro o a su madre, le daría una copia a la policía.

Oscar se puso blanco y gritó obscenidades prometiéndole a Adam que no se saldría con la suya.

"Pero lo he hecho", dijo Adam. "Tuve que tranquilizarme y amenazarlos para que me dejaran en paz. No sé cuánto le dijo Oscar a la pandilla y no me importa. Sólo quería que me dejaran en paz".

"¿Le contaste algo de esto a tu madre?". preguntó Viernes.

"Todavía no. Al principio, se preguntaba por qué Óscar y yo ya no éramos amigos y le dije que había hecho nuevos amigos de su edad. No sabía qué más decir. Sin papá, yo era el hombre de la casa, y eso significa ser fuerte y capaz de controlar las cosas. Mamá no me regañaba por eso y algunas cosas es mejor no decirlas. Creo que Oscar me tiene miedo y así me gusta".

"Es mucha responsabilidad para cualquier chico. No tenía ni idea de que los chicos de instituto estuvieran representando el papel de ladrones, matones y maleantes hasta este punto. Debería hacerse algo al respecto", declaró Viernes.

"¿Como qué?" preguntó Adam.

"Escucharé la cinta esta noche y podremos hablar de ello mañana. También me gustaría saber qué averiguó Frank sobre la detención de Oscar".

Viernes durmió poco esa noche después de escuchar la cinta. Sólo podía pensar en que Adam se guardara esa información. A Viernes nunca le habían pasado cosas así mientras crecía o, tal vez, simplemente no era consciente de ello.

A la mañana siguiente, mientras Viernes ponía una rosca en la tostadora, Adam entró en la cocina. Estaba inusualmente callado. Viernes decidió que era mejor no sacar el tema de Óscar. Adam sacó los Rice Krispies de la alacena, echó un poco en un tazón, añadió leche y se sentó, jugando con su comida.

"¿No te sientes bien esta mañana?", preguntó Viernes.

"Extraño a mamá. Hace tres días que no llama".

"Seguro que está guardando todas las aventuras emocionantes para compartirlas contigo cuando vuelva a casa. Volverá en menos de una semana", dijo Viernes alegremente.

Eso no pareció mejorar la perspectiva de Adam. Se fue a su habitación e intentó interesarse por un videojuego. Se hizo el silencio y Viernes supuso que el chico volvió a la cama o decidió leer.

Viernes aprovechó esa oportunidad, como hacía a menudo cuando Adam estaba ocupado en otra cosa, para escribir a máquina sus notas para Speller. Realmente estaba empezando a disfrutar escribiendo. Lo hacía ser más consciente de la personalidad de la gente, algo a lo que nunca había prestado atención antes de esta tarea. Quizá por eso Speller disfrutaba tanto escribiendo.

Era más de la una de la tarde cuando llamó a la puerta de Adam y le preguntó: "¿Puedo pasar?".

"La puerta está abierta", respondió Adam.

"Vamos a Sam's por una hamburguesa y papas fritas", sugirió Viernes. "Me muero de hambre".

"Ve tú. Yo quiero quedarme en casa. Mamá podría llamar".

"¿Quieres que te traiga algo? Tal vez una hamburguesa para más tarde".

Cuando Viernes volvió, el coche de Kay estaba estacionado en la entrada. Ella acababa de salir. Se encontraron en el camino.

"Vine a ver a Adam", dijo. "Parecía muy deprimido cuando llamé. Dijo que habías salido por hamburguesas. Mi intuición de mujer se puso en marcha y sentí que realmente extrañaba a Marie. Así que aquí estoy".

Entraron en la casa. Adam seguía en su habitación. La puerta estaba entreabierta. Kay entró a mirar y encontró a Adam dormido.

"Dejémoslo dormir", dijo. "El pobre chico ha pasado por tanto, y normalmente es tan optimista. Supongo que extraña a Marie. Tienen tan buena relación".

Sentados en el salón, Kay le contó a Viernes los problemas en los que se había metido Oscar. Lo atraparon en el condado vecino con otros cinco chicos robando en una tienda a las dos de la madrugada. Los chicos habían bebido y había una adolescente implicada.

"Es todo un desastre", dijo Kay. "Frank ha contratado a un abogado y tendremos que esperar a ver qué pasa. Mientras tanto, Oscar está recluido en un centro de menores".

"¿Sabes algo de Marie?", preguntó Viernes.

"Pues sí, hablamos hace dos días. Conoció a un italiano que es comerciante de antigüedades. Va y viene de Milán a Nueva York. Estaba de muy buen humor. Cree que está enamorada, dice que es un gran tipo. Estaba un poco preocupada por cómo lo tomaría Adam. Dijo que esperaría a volver para decírselo. Sonaba serio".

Esa noche, Adam no quería salir de su habitación. Se comió la mitad de la hamburguesa que había metido en el microondas.

Viernes consiguió convencerlo para que se sentara a ver la televisión con él antes de que se fueran a dormir.

Cuando Viernes por fin se acostó, estaba tumbado boca arriba, con los ojos abiertos, completamente despierto. La pálida luz ámbar de la lámpara de vapor del patio se abría paso a través de las ventanas enrejadas. Intentó apartar su mente de los pensamientos sobre la situación de Adam, pero se encontró atormentado sin descanso por pensamientos sobre cómo debería manejarlo.

Deseaba desesperadamente ayudar a Adam a superar lo que consideraba una crisis grave.

Finalmente, el sueño se apoderó de él. Viernes no se daba cuenta de los grandes retos y decisiones a los que pronto se enfrentaría, decisiones que cambiarían su vida y la de todos los que había conocido en Round Rock, Oklahoma.

Un Nuevo Comienzo

Eran las cuatro de la madrugada del jueves cuando Adam irrumpió en la habitación de Viernes. Estaba sollozando. "Mamá, está muerta. La empujó al agua. Se ahogó".

Viernes se sobresaltó en su cama, momentáneamente desorientado, despertado tan repentinamente de un sueño profundo.

"Espera un momento. ¿De dónde has sacado esa idea?". Se quitó el sueño de los ojos y se recostó sobre un codo.

"Lo vi. El hombre de la cicatriz en la mano la empujó del barco. Se ahogó", repitió Adam.

"Sólo has tenido una pesadilla. Todos las tenemos de vez en cuando". Dio una palmada en la cama y Adam se sentó. "Pueden ser tan reales que realmente pensamos que algo está sucediendo". Viernes hizo todo lo posible por calmar a Adam.

Adam finalmente dejó de llorar y preguntó: "Entonces, ¿por qué no llama?".

"Lo hará. Probablemente está tan ocupada que se le ha olvidado. A veces nos pasa. A mí me ha pasado. Y ayer hablé con Kay. Me dijo que tu madre se lo está pasando bien pero que te extraña. Está deseando enseñarnos todas las fotos que está tomando".

Adam sólo escuchó a medias.

Lo que Viernes no le dijo a Adam fue que Marie había conocido a un hombre en Roma y que él se había unido a ella en la gira. Marie le había dicho a Kay: "No se lo digas a Adam. Se lo diré cuando llegue a casa".

"Pero fue tan real", insistió Adam."Nunca antes había tenido un sueño tan aterrador". Todavía visiblemente angustiado, sacudió la cabeza de un lado a otro, tratando de forzar la imagen fuera de su mente.

Viernes intentó razonar con él. "Tu madre no está en un barco. Recuerda que lo comprobamos ayer. El itinerario del tablón de anuncios indica que su grupo está ahora en Suiza. Su última parada será Alemania. Desde allí, tomarán un avión a Nueva York y luego volverán a la ciudad de Oklahoma".

Adam seguía sin estar convencido y continuaba negando con la cabeza.

"Te diré una cosa. Volvamos a mirar su itinerario. Puede que me equivoque. No hay nada sobre un viaje en barco, que yo recuerde". Viernes se levantó de la cama y ambos fueron a la cocina a comprobarlo.

"Sí, aquí está. Sigue en Suiza, en el hotel Hilton de Zúrich. Mañana salen para Munich. Se alojarán en el Hotel Bayerische de Alemania. Llamaré por la mañana. No sé a qué hora se irán, pero estoy seguro de que podremos localizarla".

"La última vez que hablamos mamá y yo, me dijo que la hora donde ella está es unas siete horas antes que la nuestra. ¿Podemos llamarla ya, por favor?".

Viernes se dio cuenta de que no habría sueño para ninguno de los dos hasta que Adam se pusiera en contacto con ella.

"Buena idea. Haré la llamada y podremos poner fin a tu preocupación". Viernes tomó el teléfono.

No tuvo problemas para comunicarse con el hotel en Zurich. Preguntó si el grupo de la gira Browning seguía registrado.

"Sí, lo están", le informó el recepcionista.

"Llame a la habitación de Marie Sinclair, por favor", pidió Viernes.

Tras una breve pausa, la operadora volvió a ponerse al teléfono: "La señora Marie Sinclair no contesta. ¿Desea dejar un mensaje?".

"Sí. Por favor, infórmele de que tiene que llamar a casa lo antes posible".

Al colgar el teléfono, Viernes miró a Adam y le dijo: "Ya está hecho. Es todo lo que podemos hacer esta noche. Son cerca de las once de la mañana; probablemente esté de gira. Ya llamará".

Ya despierto, Viernes sugirió que prepararan chocolate caliente y tostadas. "Podemos jugar al Scrabble mientras esperamos a que llame tu madre".

A Adam le gustó la idea y preparó las tostadas.

Viernes comenzó a contarle a Adam sobre la vez que estuvo en Suiza y lo bueno que era su chocolate caliente.

"Incluso tienen un Starbucks y tenían una bebida excelente con café y chocolate. Se llama Mocha".

"Papá nos llevó a mamá y a mí a un Starbucks en Tulsa una vez cuando fuimos de vacaciones. No recuerdo qué pidió papá para mí, pero recuerdo que estaba bueno".

Hablaron y jugaron al Scrabble hasta que salió el sol. Adam no daba muestras de tener sueño. Viernes apenas podía mantener los ojos abiertos.

Se levantó bruscamente. "Sé a quién podemos llamar, a la directora de la excursión. Su nombre está en el itinerario. Ella sabrá algo. Tal vez tu madre hizo una excursión sin el grupo".

Viernes localizó el número de teléfono y marcó. "Hemos tenido suerte. Está en su habitación y la operadora nos está conectando ahora", le dijo Viernes a Adam, que estaba a su lado.

"¿Diga?", contestó Amanda Browning.

Viernes se presentó como un amigo de Marie que ha estado cuidando a su hijo.

"Lleva tres días sin llamar a casa. Normalmente llama todos los días y estamos preocupados", le informó.

"Hace varios días que no hablo con Marie. Conoció a un hombre en Roma y ha estado apareciendo en todas nuestras paradas. Acabo de preguntarle a su compañera de piso, Gayle, dónde está Marie porque salimos para Múnich dentro de dos horas. Tengo por norma que los participantes en mis viajes me avisen si cambian de planes y desean quedarse y ponerse al día más tarde, pero ella nunca me dijo nada. Su pasaporte sigue en la caja fuerte del hotel, así que sé que no salió de Suiza".

"Según su compañera de piso, Marie le dijo que volvería a tiempo para unirse al grupo en nuestro viaje a Múnich". Su voz sonaba nerviosa y cansada mientras suspiraba exasperada. "Lamento parecer brusca, pero este viaje no ha sido un día de campo siguiendo el ritmo de toda esta gente que tiene ideas diferentes sobre adónde quieren ir".

Viernes estaba decidido a hacer lo que pudiera para resolver este misterio. Llamó a Kay para averiguar si sabía algo más sobre el hombre con el que Marie estaba saliendo.

"Lo único que me dijo fue que se llamaba Tony algo. Recuerdo su apellido. Empezaba con S-Strum... bouie, no, eso no suena bien. No lo recuerdo. Bromeamos y le dije que tuviera cuidado que se rumoreaba que los hombres italianos eran grandes amantes. Estaba tan animada que me alegré por ella. ¿Cómo lleva Adam todo esto?", preguntó.

Viernes le contó el sueño que tuvo Adam y cómo sigue insistiendo en que la empujaron por la borda desde un barco.

"¡Dios mío!" gritó Kay. "Acabo de recordar que Marie me dijo que un amigo de Tony tenía un barco de fiesta y que iban a hacer un crucero nocturno".

La sangre se drenó de la cara de Viernes. "Me pondré en contacto contigo más tarde, Kay, pero ahora tengo que hacer una llamada; gracias por tu ayuda", consiguió decir antes de colgar.

Respiró hondo y llamó a la comisaría de Zurich, explicando su preocupación por una amiga que había desaparecido. Informó al agente de la última persona con la que la habían visto, que se llamaba Tony. "No sé su apellido, puede que empiece por S, pero mi amiga lo conoció en Roma y tenía una cicatriz en la mano".

"Un momento, por favor", dijo el oficial. "Quiero que el jefe oiga esto".

Cuando el jefe se puso al teléfono, Viernes repitió toda la información. "Sí, estamos familiarizados con Tony Strumbona. Tiene una hoja de antecedentes de treinta centímetros de largo, y sí, conocemos su cicatriz. Es conocido por aprovecharse de turistas adinerados. Actualmente está acusado de tráfico de drogas. Su dirección es Roma, pero aparece en todos los países del sur. No hemos sido capaces de acusarlo de nada que se sostenga. Pero no sabíamos que había vuelto a Zurich. Lo investigaré inmediatamente y me pondré en contacto con usted. Deme un número donde podamos localizarlo".

Adam sólo podía oír una parte de la conversación. No se separaba de Viernes mientras éste hablaba por teléfono. A Viernes le costaba no mostrar alarma.

"Se ahogó, ¿verdad?", repetía Adam.

De repente, Adam acercó una silla a la mesa; apoyó la cabeza en los brazos cruzados sobre la mesa y empezó a sollozar.

"Eso no lo sabemos", dijo Viernes, tratando de consolarlo. Justo cuando se acercó para darle un apretón tranquilizador en el brazo, Adam se levantó, corrió a su habitación, cerró la puerta de un portazo y se lanzó sobre la cama. Brutus, que había estado tumbado en un rincón estudiándolos, se levantó lentamente, pasó por delante de la puerta cerrada de Adam, se tumbó y empezó a gimotear suavemente.

El cansancio envolvió a Viernes mientras intentaba concentrarse en lo que debía hacer a continuación. Se fue a su habitación, tan cansado que le palpitaban los nervios y se tumbó en la cama. Al minuto siguiente, estaba profundamente dormido por el cansancio.

La noticia que nadie quería oír llegó a la mañana siguiente, cuando llamó el jefe de policía. Tenían detenido a Tony Strumbona. Confesó que estaba con Marie en el barco, pero insistió en que ella se había caído por la borda.

"Estaba borracha", repitió Tony.

"No vamos a cerrar el caso. Hay demasiadas cosas que no cuadran, como por qué no informó a nadie. Estamos hablando con todos los que estaban en el barco esa noche. Puede que nunca podamos recuperar el cuerpo. Siento mucho su pérdida. Si algo cambia, los mantendremos informados", dijo el jefe de policía el viernes.

□□□□□

El mes había terminado. La misión de Viernes con Adam había terminado. Pero no podía marcharse ahora. Adam no tenía padres y, por lo que Viernes sabía, sus abuelos eran demasiado mayores para proporcionarle los cuidados que necesitaba. Llamó a Speller y le explicó lo ocurrido y lo vulnerable que era Adam.

Speller comprendió y aconsejó a Viernes que se quedara todo el tiempo que fuera necesario.

"Haz lo que tengas que hacer. Te apoyaré en lo que haga falta", fueron sus palabras de despedida antes de colgar.

Cuando Viernes llamó a la abuela Wilma para contarle lo sucedido, se produjo una larga pausa en el teléfono. Le pareció oír una voz frágil que repetía: "Dios, Dios, Dios".

Viernes se alarmó. "¿Sigue ahí?", preguntó. "Sí, te he oído", respondió ella.

"Adam y yo saldremos mañana". Viernes no estaba deseando que llegara la reunión, pero tenía que hacerse.

A la mañana siguiente, Adam y Viernes se dirigían a ver a la abuela y al abuelo. Estaban a mitad de camino cuando Adam respiró hondo y dijo: "¡Viernes, tengo miedo!". Se le habían llenado los ojos de lágrimas.

Viernes lo miró. Adam estaba encorvado en su asiento. Parecía pequeño y débil. La ropa le quedaba grande. Las lágrimas se habían desbordado y brillaban por sus mejillas.

"¿De qué tienes miedo?", preguntó Viernes.

"¿Qué me va a pasar? No quiero estar solo". Adam empezó a llorar, temblando por los efectos de las demasiadas cosas que pasaban, pero temblando también por algo más, algún miedo oscuro.

"No estás solo", dijo Viernes.

"Tengo miedo de que nadie me quiera y de quedarme solo".

"Eres un gran chico; veremos qué dicen la abuela y el abuelo, pero no estarás solo, Adam".

"Quiero que haya alguien como mi padre o mi madre. Me da miedo".

"Encontraremos a alguien'.

"Ya lo he hecho. Tú, Viernes. Quiero que seas mi hermano mayor o mi papá, de verdad. ¿Puedes hacerlo?".

Viernes se quedó sin habla. Mantenía los ojos en la carretera, buscando una respuesta plausible.

"Tú tampoco me quieres", dijo Adam, su voz genuinamente frágil y temblorosa.

"Guau, amigo, te estás adelantando mucho. No sabemos si tu madre está realmente muerta. Todavía se le considera una persona desaparecida".

"Está MUERTA", recalcó Adam.

El silencio se cernió entre ellos como una espesa niebla durante el resto del camino.

La abuela Wilma estaba en el pórtico cuando llegaron. Poniendo un frente valiente por el bien de Adam, su mente era una loca mezcla de esperanza y miedo.

"He hecho tu tarta de fresa favorita", saludó a Adam.

"Mamá está muerta. Lo sé", dijo Adam. La abuela Wilma abrió los brazos y Adam corrió hacia ella. Lo abrazó y le acarició la cabeza mientras él sollozaba. Ella también estaba a punto de llorar, pero se contuvo.

"Pobre niño", gimió. "El abuelo nos espera dentro", dijo mientras llevaba a Adam a la cocina.

El abuelo estaba en la mesa mirando sus propias manos hinchadas y nudosas sobre el mantel estampado. Sus ojos enrojecidos se humedecieron y, por un momento, pareció a punto de llorar. Pero parpadeó rápidamente y contuvo las lágrimas.

Con una voz cargada de desesperación, dijo: "Ese pobre muchacho está sufriendo mucho. Más vale que Dios tenga una buena razón para toda su pérdida".

La abuela Wilma miró a su marido. "¡James, qué cosas dices! No sabemos por qué suceden las cosas".

"Ya he descubierto la razón", dijo el abuelo.

Viernes, sorprendido por este arrebato imprevisible, acercó una silla a la mesa y se sentó. Quería oír lo que el abuelo tenía que decir.

Por impulso, la abuela Wilma tomó una rápida decisión. "Adam y yo vamos a salir a la tienda. Quiero enseñarle algo".

James esperó hasta que se fueron y comenzó a decir lo que pensaba: "Esto puede sonar extraño, pero tengo que dar mi opinión. Le creo a Adam. Marie está muerta. Tuve la misma sensación cuando nos llamó por primera vez. Wilma y yo pensamos en esto. Creemos que usted sería la mejor persona para criar a Adam. Él no tiene parientes. No somos capaces de asumir la responsabilidad. Tengo grandes dificultades para cuidar de mí mismo y la semana pasada el médico le dijo a Wilma que tiene que comenzar los tratamientos de quimioterapia. Este no es lugar para criar a un niño que ha pasado por tanto en tan poco tiempo. Tú eres joven. Puedes manejarlo mejor".

Viernes escuchó, demasiado sorprendido para ofrecer alguna objeción.

"Te vi con el niño cuando saliste a pescar. Adam te admira de la misma manera que lo hacía con su padre. La verdad es que me recuerdas a Rob. Tienes la misma amabilidad, preocupación y paciencia que él". James estudió a Viernes por un momento y continuó. "Esa es la solución para nuestro Adam: tú criándolo. Lo único que nos queda es dejar que la agencia gubernamental lo ponga en acogida. Se merece algo mejor. Ya he dicho lo que tenía que decir. Ahora quiero saber de ti".

Viernes se sentó desconcertado, con la guardia baja. Tantas preguntas, tanto en qué pensar. La habitación giraba con posibilidades y escenarios.

"Bueno, Adam sacó a colación esa solución en el coche de camino hacia aquí", dijo finalmente.

"Así que, considéralo ahora. Es un sí o un no. No vale la pena esperar".

"¡Sí! Quiero hacerlo", dijo Viernes sin vacilar. Su alivio y su respuesta dieron paso a una nueva mistificación. No estaba tan seguro de que el antiguo Alex hubiera tomado la misma decisión antes de tener estas nuevas experiencias a través de Speller.

James asintió, sonriendo. "Ahora que hemos aclarado eso, ve a buscar a Wilma y a Adam. Estoy listo para un trozo del pastel de fresa de Wilma".

Todos se sentaron a disfrutar de la tarta y el Abuelo le dijo a Adam que Viernes quería ser su hermano mayor y su padre para el resto de su vida, si lo aceptaba.

Adam se llenó de alegría y gritó: "¡Sí! ¡Sí! ¡Sí!".

Antes de irse a casa, la abuela Wilma tenía algo que decir. Se dirigió a Adam y comenzó con un tono triste en la voz: "Puede que no te des cuenta de la importancia de lo que tengo que decirte hoy, pero estoy segura de que algún día lo recordarás. Cuando ocurre algo traumático, no siempre el tiempo puede curarlo. Comprender el propósito, o el 'por qué' muchas veces, es difícil. Hay que aprender a sobreponerse y aceptarlo como un aprendizaje".

Después de que ella dijera lo suyo, Viernes se secó las lágrimas de la cara, se acercó a ella, la abrazó y, mirando al abuelo, le dijo: "Ustedes dos son las personas más bondadosas que he conocido. Me siento honrado de haberlos conocido".

Con esa nota, Viernes y Adam partieron.

□□□□□

Había muchos cabos sueltos de los que había que ocuparse antes de finalizar la adopción.

Frank les recomendó un abogado responsable.

Kay y Frank se alegraron cuando se enteraron de la decisión de Viernes de convertirse en el padre de Adam. Viernes y Adam decidieron que lo mejor era darle a Frank la cinta que Adam había grabado. Le ayudaría a comprender mejor y a ayudar a Oscar.

La abuela y el abuelo se coordinaron con Kay para ayudarles con la venta de la casa y se mostraron de lo más serviciales simplemente estando allí para Adam mientras repartían todos los objetos personales de Marie.

Viernes llamaba a diario a Trish para contarle lo que ocurría.

Ella, a su vez, le recordaba que no hay accidentes ni casualidades. "Estoy segura", le dijo, "de que Adam estaba destinado a ser tu hijo".

La noche anterior a su partida de Round Rock hacia una nueva vida en Houston, Adam se fue a dormir temprano, con todas sus pertenencias empacadas, todavía aturdido por todo lo que había sucedido en las últimas dos semanas.

Viernes fue a su habitación. Había tanto silencio que Viernes podía oír el tictac de su reloj en la muñeca, los latidos de su corazón y el roce ocasional de la rama de un árbol que rozaba el cristal de la ventana. Escuchó si había un ruido procedente de la habitación de Adam, al otro lado del pasillo.

Nada.

Suspiró, aliviado de que Adam por fin pudiera dormir. Sería un largo viaje hasta Houston.

Viernes comenzó a repasar mentalmente todas las cosas que habían sucedido desde su llegada a Oklahoma, el único día que nunca olvidaría, el día con la abuela Wilma y el abuelo James, el día que cambió su futuro.

Se sintió obligado a escribirle una carta a Adam.

Empezó a escribir:

Querido Adam,

Cuando leas esto, vas a recordar todo lo que me dijiste y probablemente te avergonzarás un poco.

No te preocupes.

Lo que me dijiste quedará estrictamente entre nosotros. Y yo te contaré algunos secretos escandalosamente embarazosos, así que estaremos en paz.

Después de todo, limpiar el alma es una de las cosas para las que sirven los hermanos mayores y los padres.

Viernes

Deslizó la nota por debajo de la puerta de Adam y se fue a la cama para dormir bien. Las palabras de la abuela le vinieron a la mente y empezó a prepararse y a jurar aprender y aceptar las situaciones aunque no entendiera el propósito superior.

Adam se adaptó a su nuevo entorno en Houston sin problemas.

No sólo tenía un padre, sino también un abuelo que lo adoraba. Después de que Speller oyera a Adam tocar el violín, lo llevó al instituto privado de Houston, comparable al Julliard de Nueva York. Allí aceptaron a Adam por sus habilidades, lo animaron y le dieron clases particulares para que desarrollara su talento. Tras escuchar a varios de sus compañeros tocar el violín, Adam decidió que ése era el tipo de música que quería tocar: clásica.

Trish vino a visitar a Viernes y su relación creció. Hoy es la madre de Adam. Tienen una relación cálida y cariñosa. Él la llama mamá.

Viernes, Adam y Trish vuelven a menudo a Oklahoma para visitar a la abuela Wilma y al abuelo James.

Oscar está en otra escuela y Frank y Kay están orgullosos de los progresos que está haciendo.

Epílogo

UN AÑO DESPUÉS

El hombre llamado Viernes, Alex Sander, ha seguido los pasos de su padre. Se convirtió en escritor y autor.

Trish y él construyeron una casa de tres plantas con un nido en la tercera. Su casa está en un terreno de cincuenta acres a las afueras de Houston.

El nido es el lugar favorito de Adam para practicar con el violín.

Cuando Olivia y Paul vinieron a la boda de Trish y Viernes, Olivia se enamoró de Texas. Ahora, jubilada, ha encontrado el terreno perfecto no muy lejos de Viernes y Trish.

Sus planes de construir un centro creativo para niños talentosos y prometedores se están cumpliendo. Se ubicará en su propiedad de Texas. Trish será su socia.

Paul sigue muy presente en la vida de Olivia. Quién sabe, puede que ella también haya encontrado a su alma gemela y por fin la haya reconocido en Paul.

CAROLYN Y HELENE

No estoy segura de cuándo oí hablar por primera vez de Helene Hadsell, pero a principios de la década de 2000 me regalaron un ejemplar usado de su primer libro, The Name It & Claim It Game. Me sentí afortunada, ya que no se publicaba desde 1988. Lo devoré.

NOTA: El título original en inglés de Helene Hadsell era El juego de Nómbralo y Reclámalo pero el traductor encarnó la personalidad juguetona de Helene y actualizó el título para esta edición traducida a ¿Lo Quieres? Lo Tienes.

No fue mi primera introducción al pensamiento positivo, la visualización, la proyección mental, la fijación de objetivos, etc. Cuando cumplí dieciocho años, mi padre me regaló mi primer libro de motivación, diciéndome: "Si puedo enseñarte a los dieciocho lo que yo aprendí a los treinta y seis, me llevarás mucha ventaja".

Tras años de autoestudio, llegué a la conclusión de que mi propósito era enseñar a los demás dos cosas. Primero, cómo traer más diversión y emoción a sus vidas cotidianas ganando sorteos y, segundo, cómo utilizar una amplia gama de metodologías metafísicas y maestros, como Helene, para lograr esa vida mágica.

Comencé mi camino de enseñanza en 2004 escribiendo un libro, No puedes ganar si no participas, y también publicando un boletín informativo. Luego, en 2008, añadí un blog y un podcast a mi plataforma. Cada dos lunes, durante varios años, charlé con los protagonistas de la industria promocional, deseosos de compartir mi mensaje.

Como siempre estaba buscando invitados dinámicos para mi podcast, me puse en contacto con Helene y aceptó participar en mi programa. Me hizo mucha ilusión. (Las entrevistas de audio se grabaron y se pueden encontrar en mi canal de YouTube Words For Winning, junto con una lista de reproducción de vídeo completa aquí: https://bit.ly/MoreHeleneHadsell y https://bit.ly/HeleneHadsell.)

Después de nuestra primera entrevista, fui bastante descarada y le pregunté sin rodeos a Helene si podía venir a Texas a conocerla en persona. Me dijo que no. Unos días después, recibí una llamada suya invitándome a visitarla. Dijo que mis guías espirituales eran tan ruidosos que tuvo que ceder. (Soy ruidosa en la vida, así que no me sorprendió que mis guías espirituales también lo fueran).

Ese noviembre, me encontré en Alvarado, Texas, en presencia de esta mujer extraordinaria. Para mí, las mujeres como Helene eran las maestras originales de la espiritualidad. Helene dominaba no sólo la Ley de la Atracción, sino también el Arte de la Manifestación, junto con muchas otras extraordinarias habilidades metafísicas. Es esa misma maestría la que imparte en todos sus libros. Helene también enseñó que 'si ella podía hacerlo, usted también puede'.

Durante mi visita, me sugirió que tomara su batuta y empezara a enseñar a otros lo que ella había estado enseñando durante décadas. No se veía enseñando en persona otra vez y no quería que sus mensajes pasaran con ella. No hice nada con su sugerencia hasta ahora.

Como la entrevisté, escribí sobre ella y compartí sus enseñanzas a lo largo de los años, recibí muchas peticiones de sus libros, cursos y lecturas del borrador. Por fin había llegado el momento de dejar de sostener la batuta que ella me había dado y empezar a correr con ella.

Me puse en contacto con la familia de Helene y recibí permiso para actualizar y volver a publicar sus libros. Estaba más que emocionada por dar a conocer al mundo lo que esta mujer inteligente, vibrante y alegre me pidió que hiciera hace más de una década.

Para mí es importante mantener la integridad de la obra de Helene, por lo que en esta edición sólo he hecho pequeños ajustes. He reformateado sus libros para adaptarlos a los métodos de publicación actuales (Print On Demand, Kindle, Kobo, Google Books y Apple Books).

También he facilitado la distinción entre las palabras de Helene y las mías. **Todas las de Helene están en letra Arial.** Todas las mías están en Times Roman.

Helene llamaba HECCIÓN a este tipo de novela, ya que combinaba realidad y ficción. Si lees alguna de sus otras obras, estoy seguro de que descubrirás los casos en los que Helene entrelaza sus intereses metafísicos y experiencias vitales, mezclados con su imaginación fantástica, así como atisbos de su ecléctica personalidad asomando a través de algunos de los personajes.

Espero que disfruten de esta historia tanto como Helene lo ha hecho escribiéndola.

Carolyn Wilman
Editor, autor, profesor, comercializador

SOBRE LAS AUTORAS

HELENE HADSELL

La vida de Helene Hadsell fue una prueba no sólo de su dinámica filosofía, sino también de su práctica del pensamiento positivo en la enérgica persecución de sus objetivos, lo que le reportó abundantes recompensas en términos de bienestar espiritual, físico y material. Sus libros relatan los fantásticos acontecimientos de su vida y confirman su convicción de que cualquiera puede lograr cualquier cosa que su mente conciba si se lo propone firmemente.

En 1986, fundó Delta Sciences como centro de retiro. Acudían personas de todo el mundo, como Inglaterra, Suiza, Hungría y Perú, así como de todos los estados de Estados Unidos.

Helene era madre de tres hijos: Pamela, Dike y Chris. También tenía tres nietos y tres bisnietos. Vivía en Alvarado, Texas, con su marido Pat, que compartía su interés por ayudar a la gente a mejorar su vida a través del poder mental.

> *"Permítanme ser un canal para ayudar a las personas a ayudarse a sí mismas".*
> Helene Hadsell

CAROLYN WILMAN

A Carolyn Wilman le encanta enseñar a los demás sobre mentalidad, marketing y cómo ¡GANAR! (tanto en la vida como en los sorteos).

Bajo el estandarte de su agencia, Idea Majesty, Carolyn se especializa en Marketing de Sorteos, ayudando a empresas y participantes a conectar.

Destinada a ayudar a otros a desarrollar su potencial, Carolyn fundó una editorial, Words For Winning, que compra los derechos de autores y líderes de opinión descatalogados. A continuación, actualiza y reintroduce sus libros a una nueva generación de lectores.

Además, Carolyn es profesora de sorteos, conocida como La Reina de los Concursos: escribió dos libros galardonados, You Can't Win If You Don't Enter y How To Win Cash, Cars, Trips & More! Su probado sistema de participación en línea ha ayudado a otros a ganar millones en efectivo y premios.

¡No se pierda sus próximas aventuras ganadoras!

Ésta es la estatua de Quan Yin que Helene tenía en su jardín.

www.ingramcontent.com/pod-product-compliance
Lightning Source LLC
Chambersburg PA
CBHW070359200726
48294CB00003B/992